石川　透編

室町物語影印叢刊 20

觀音の本地

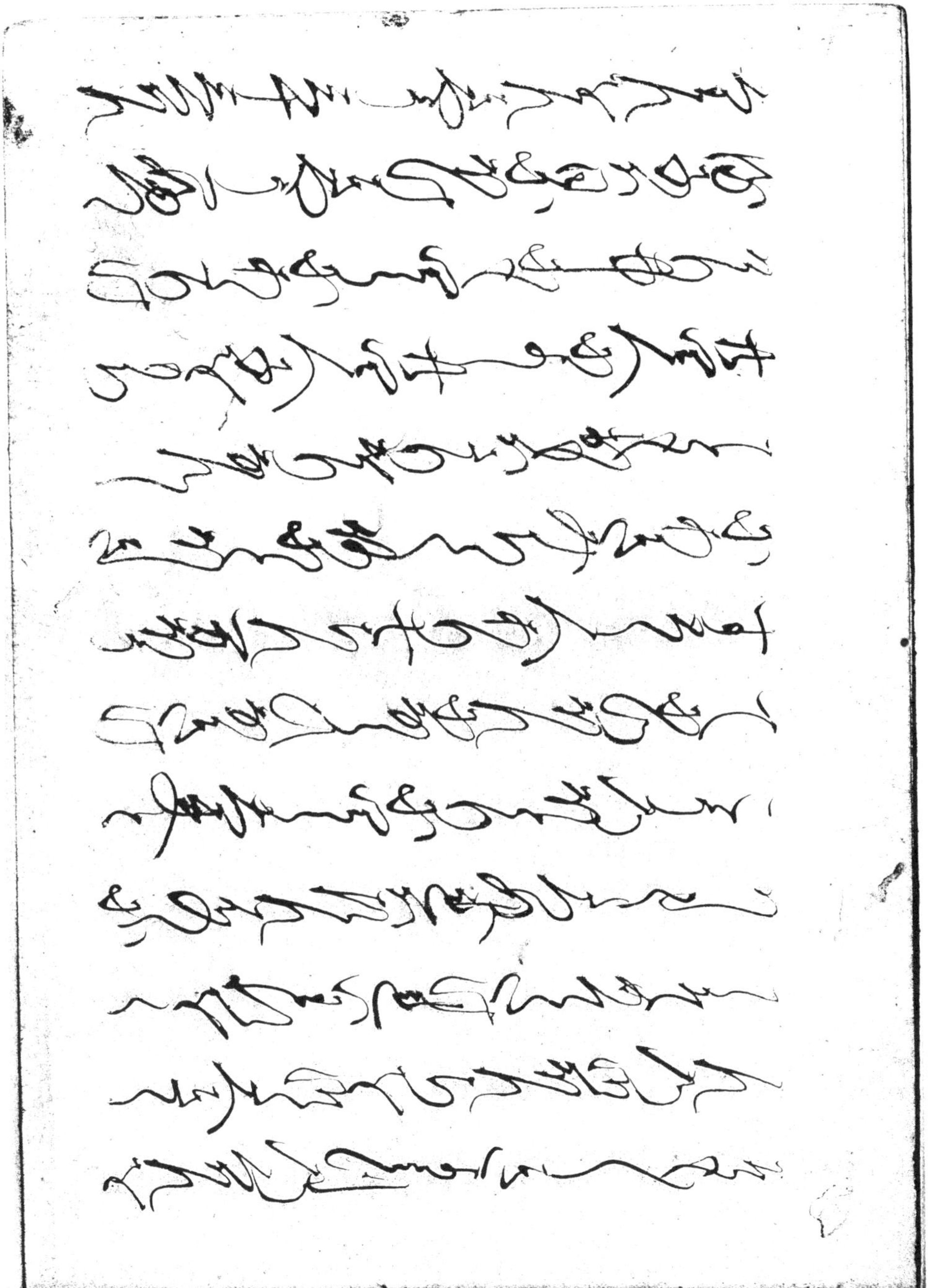

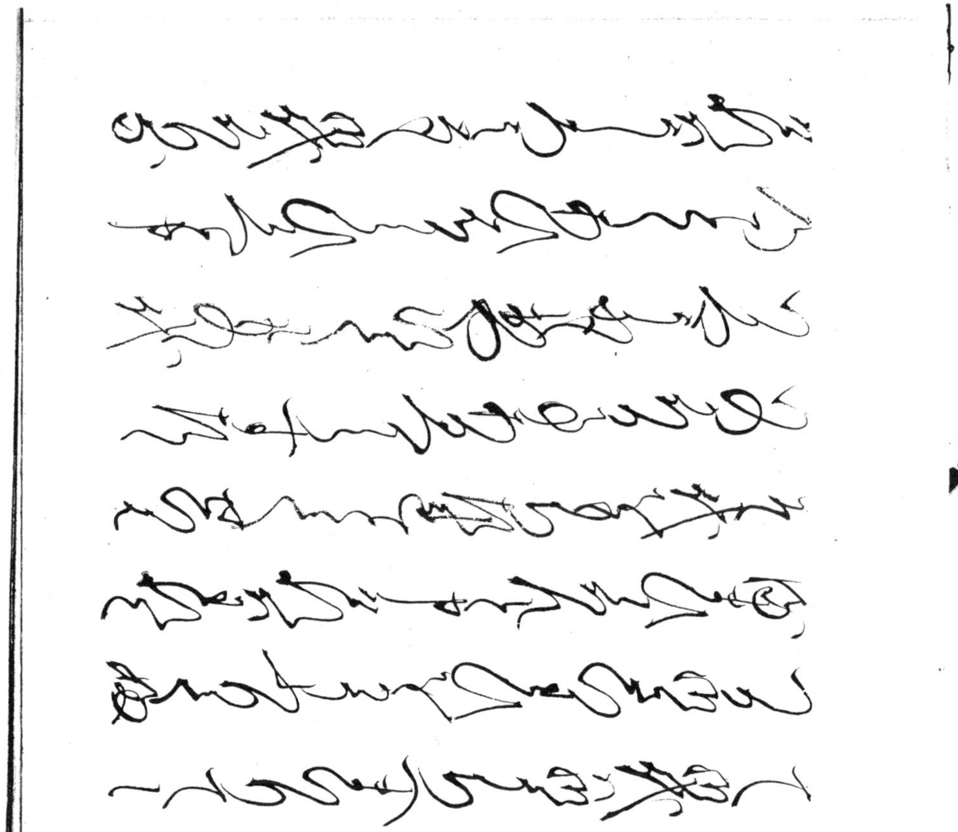

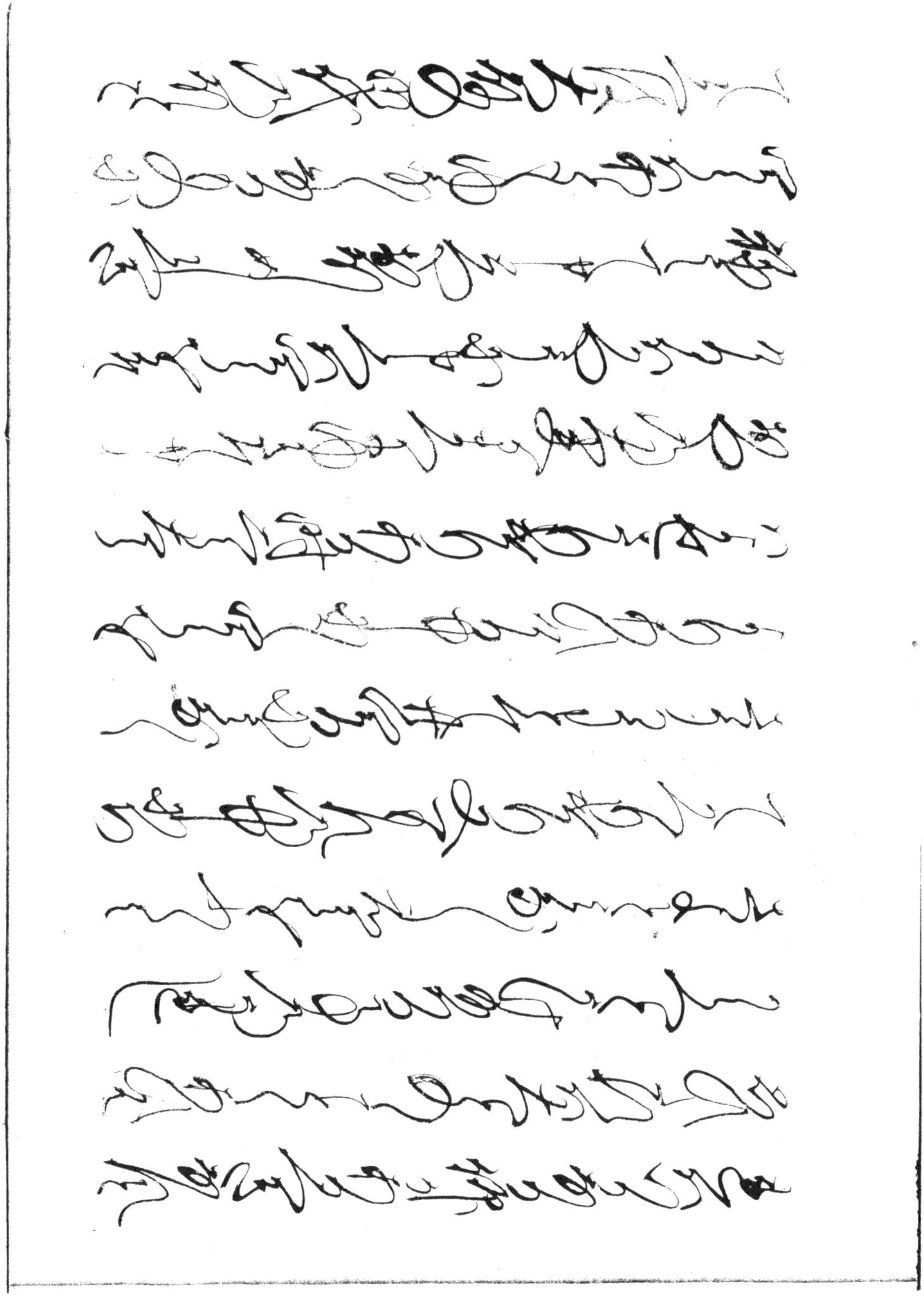

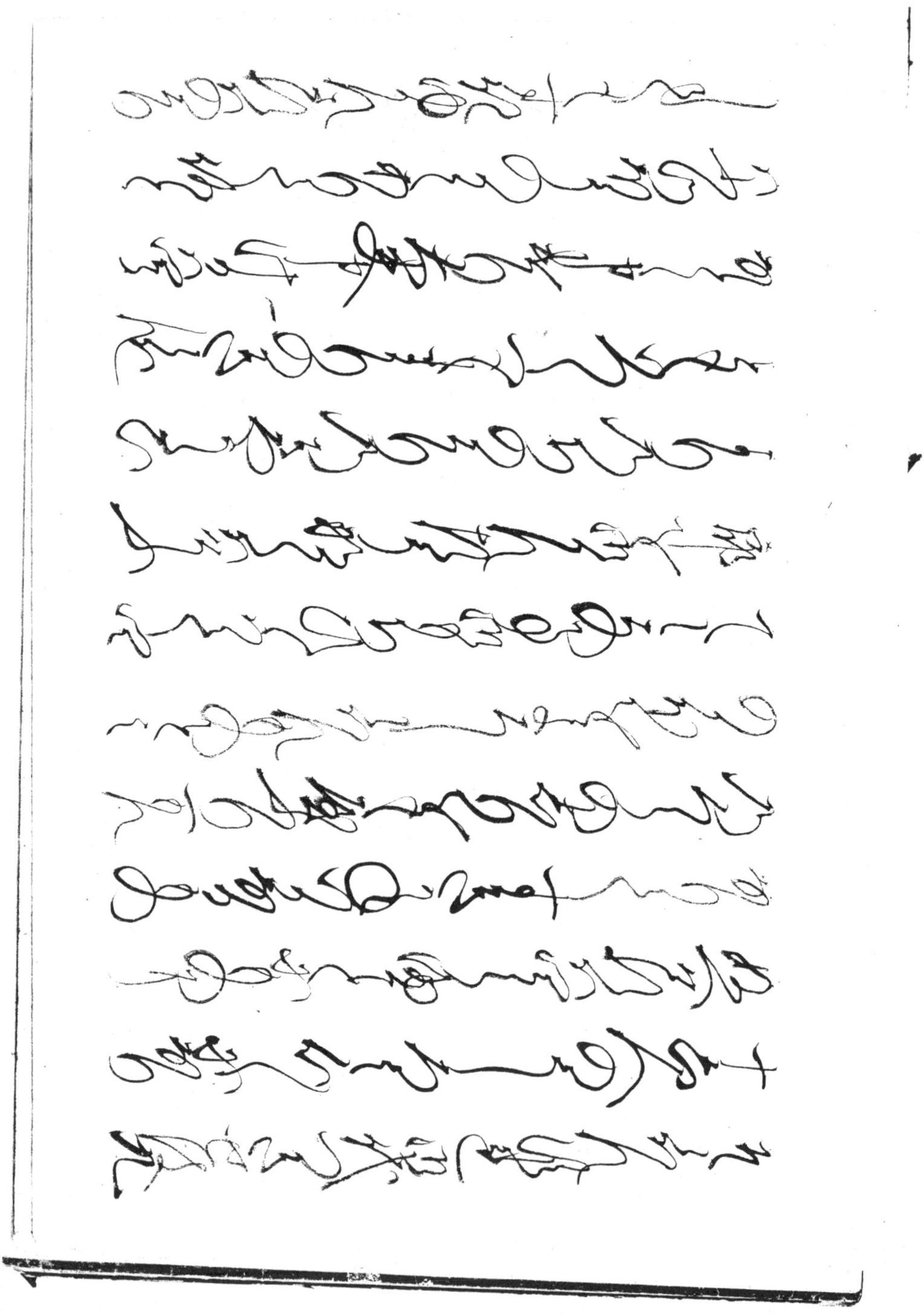

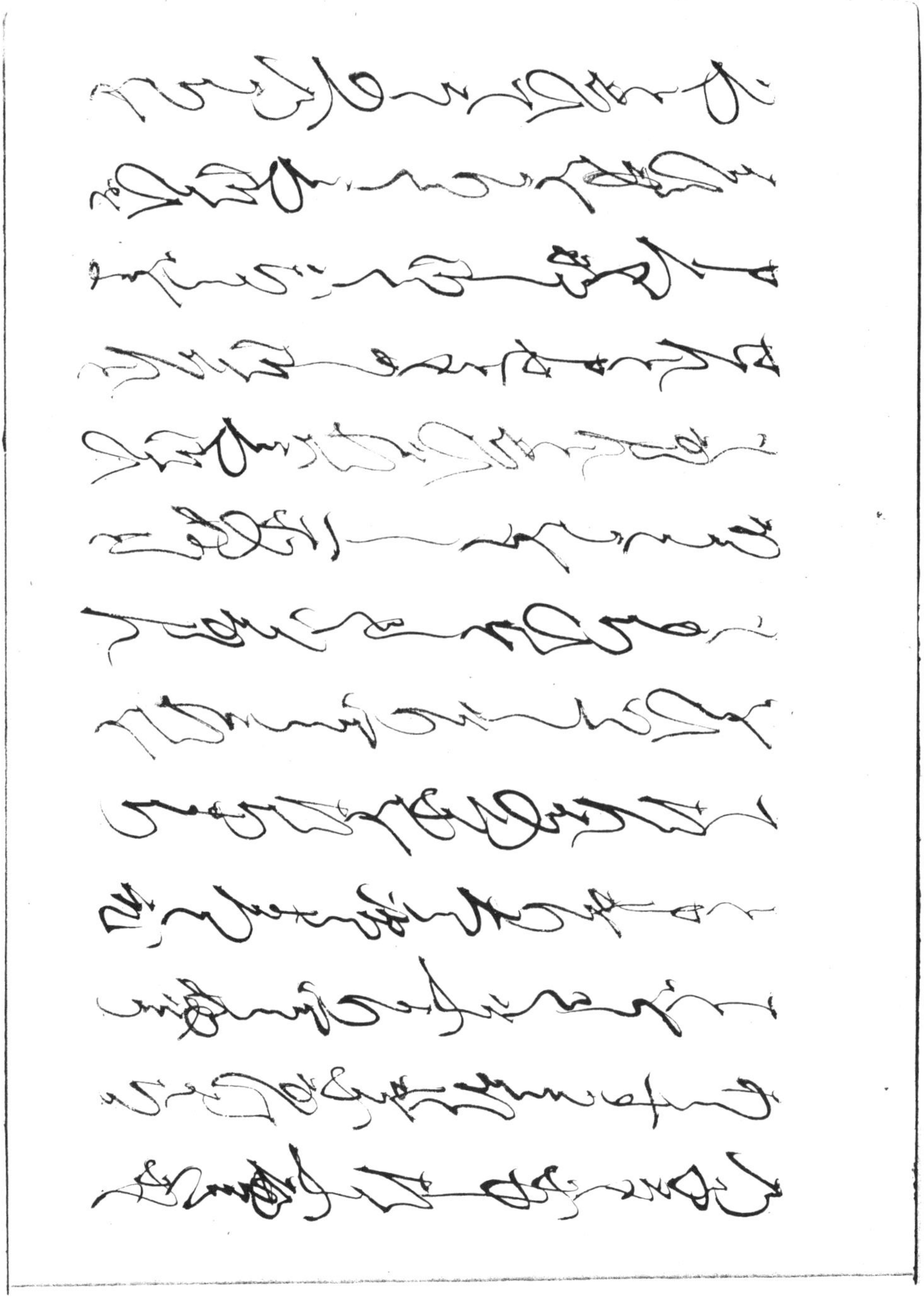

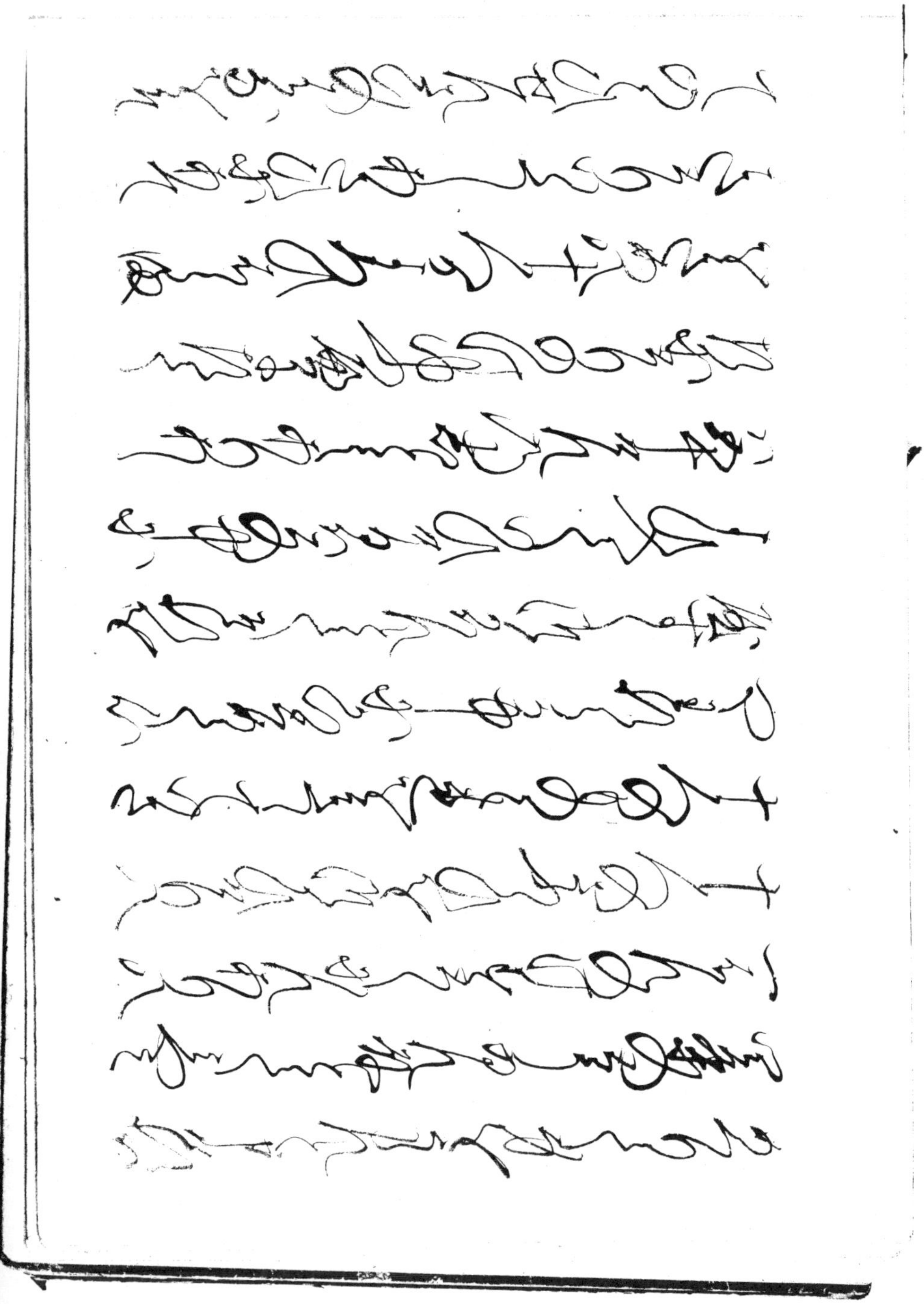

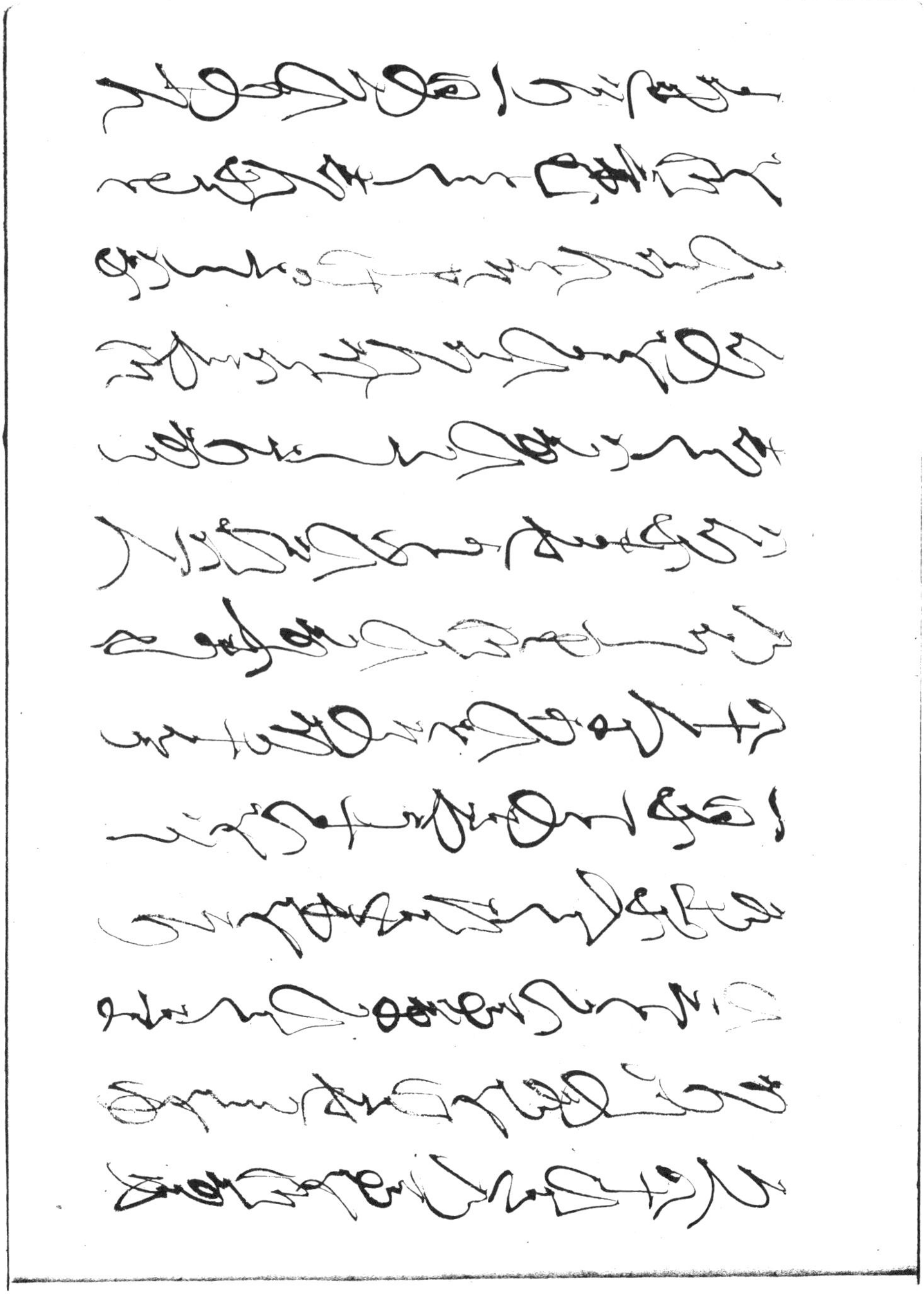

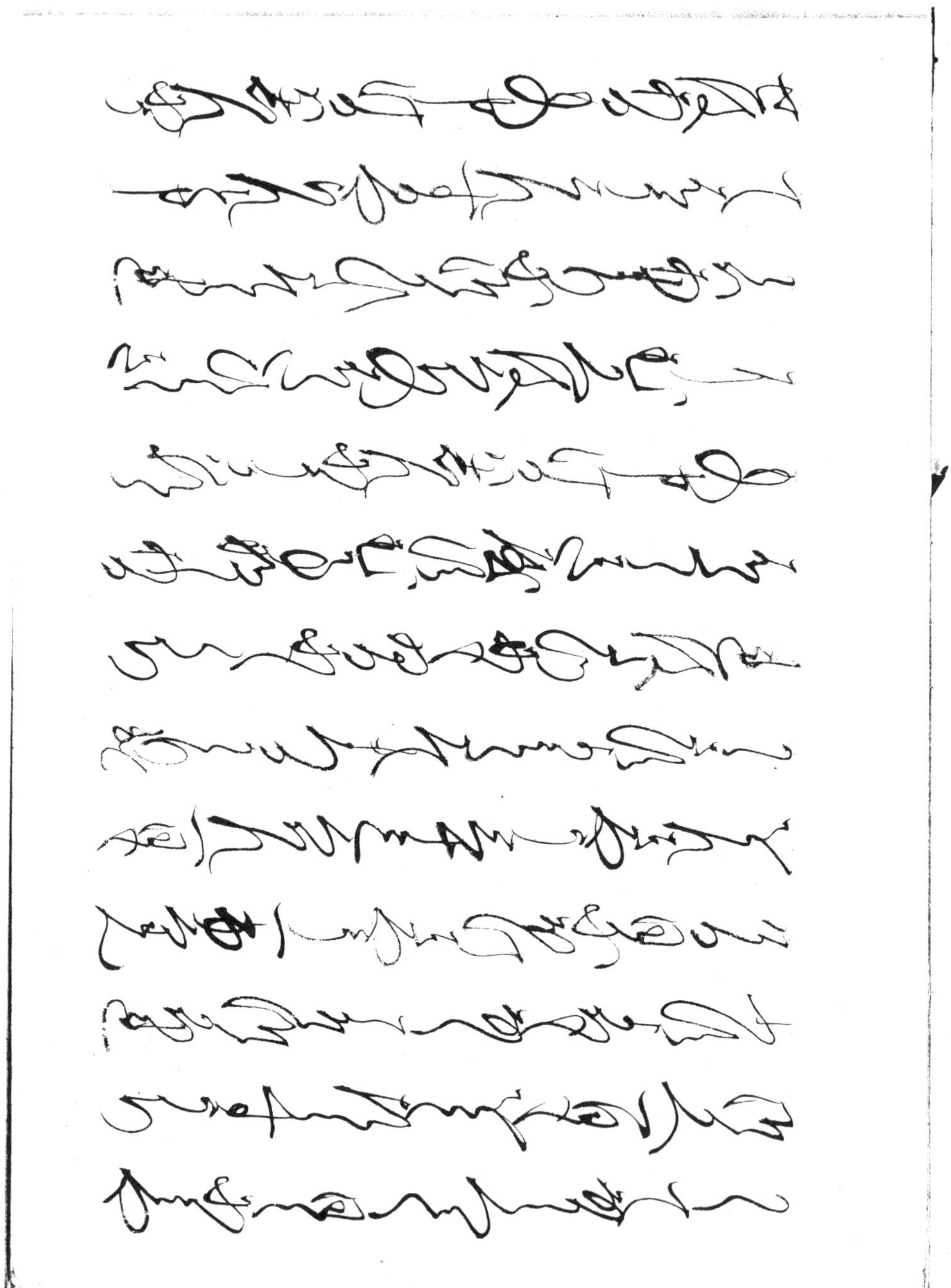

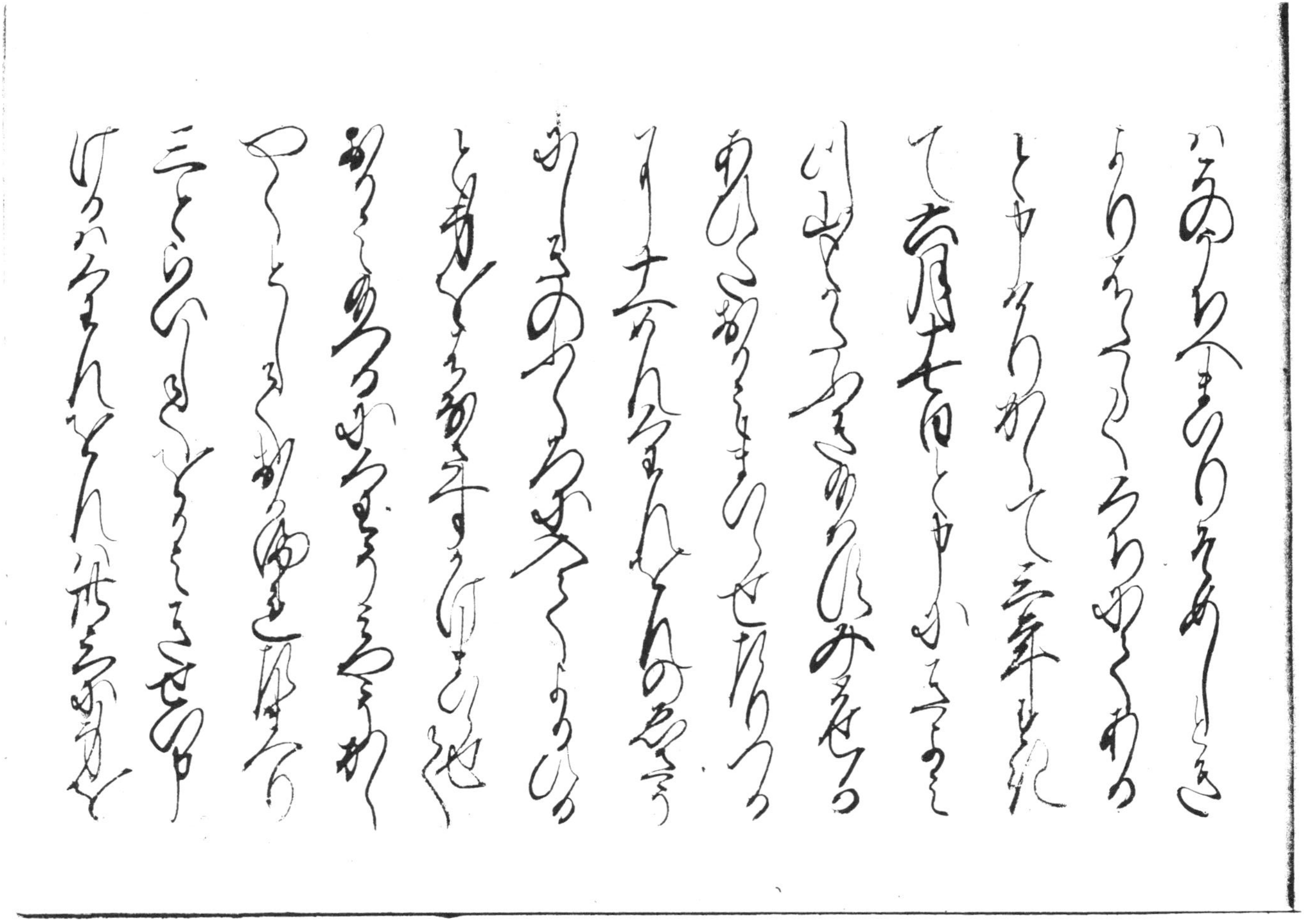

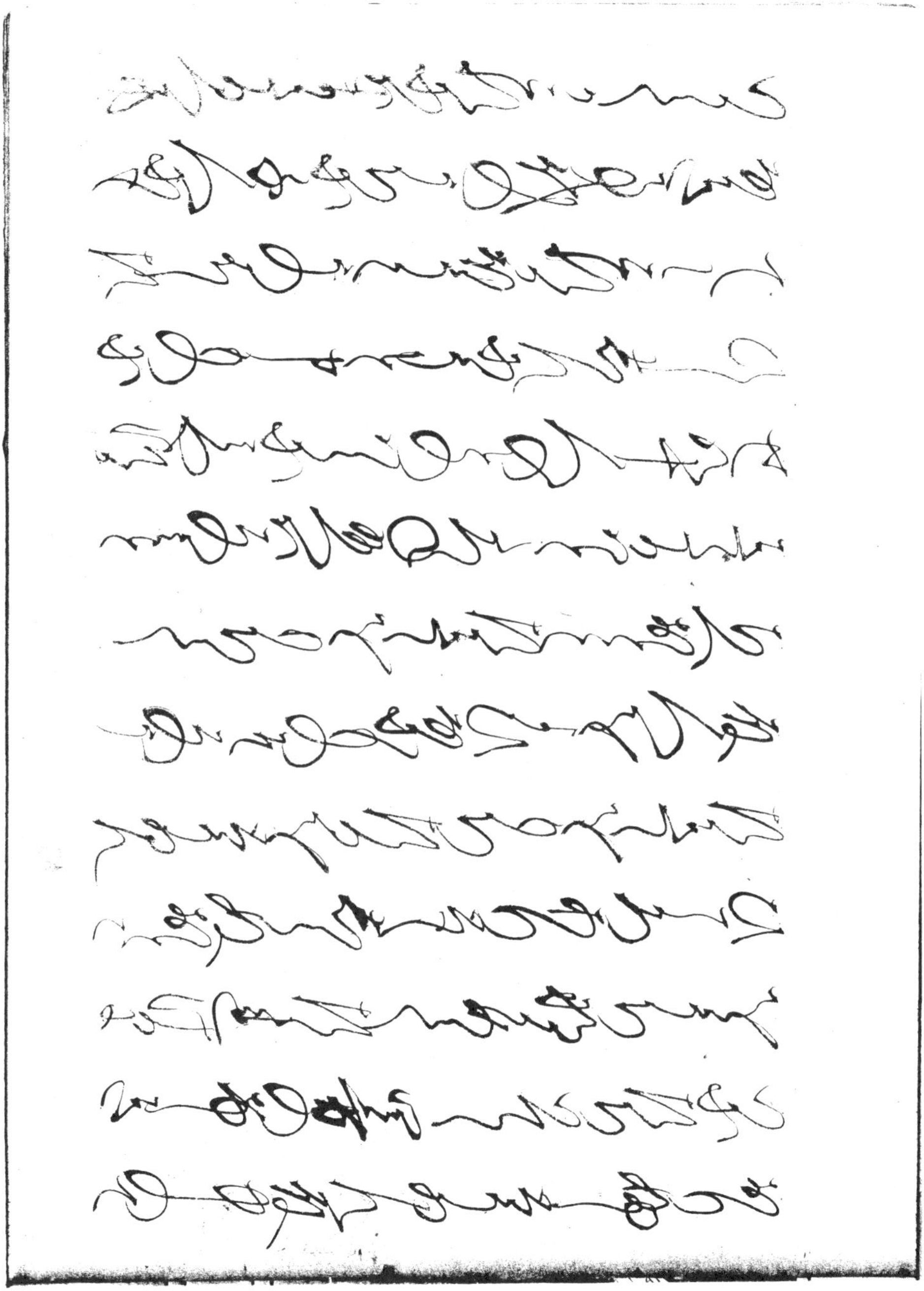

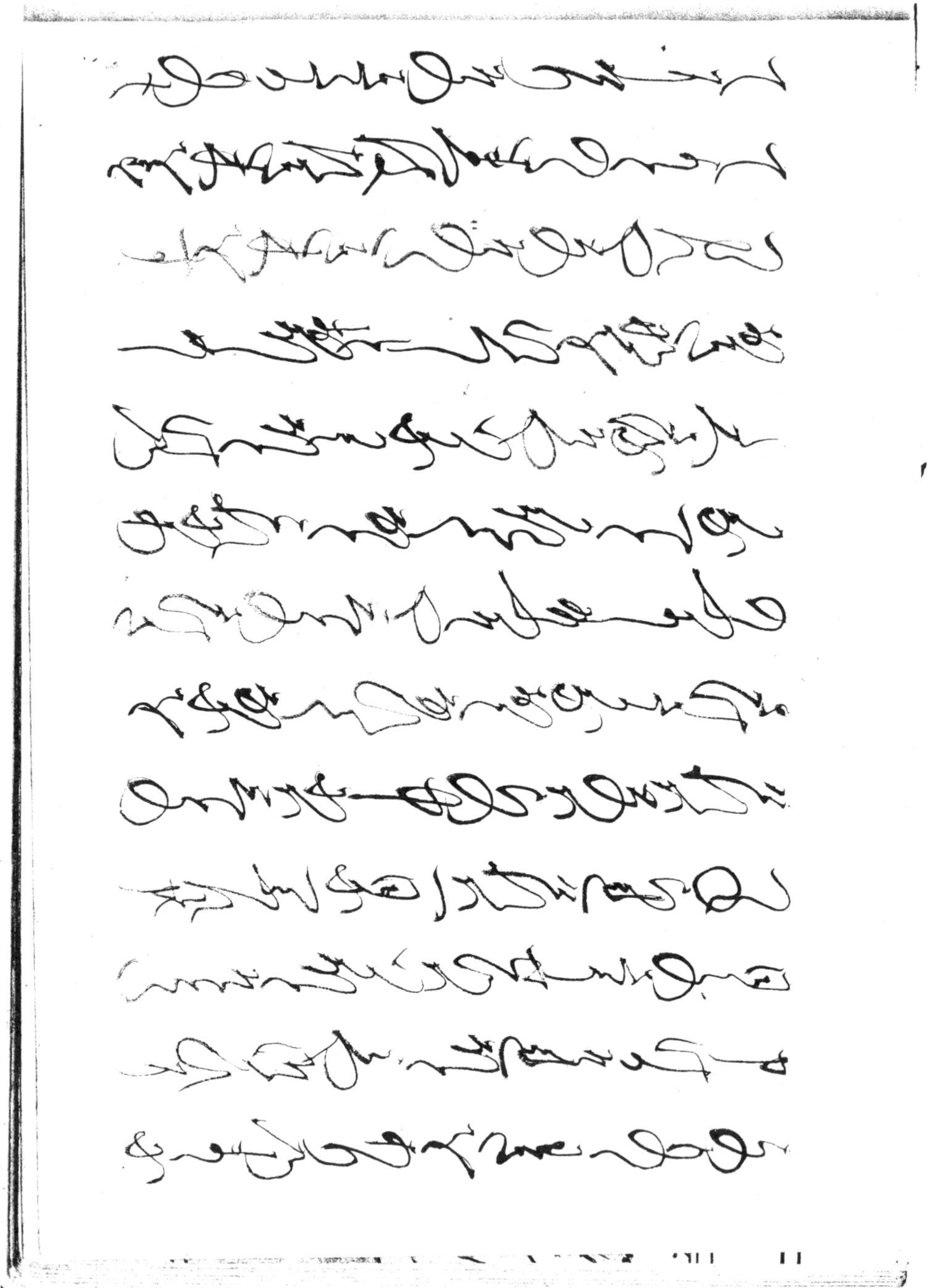

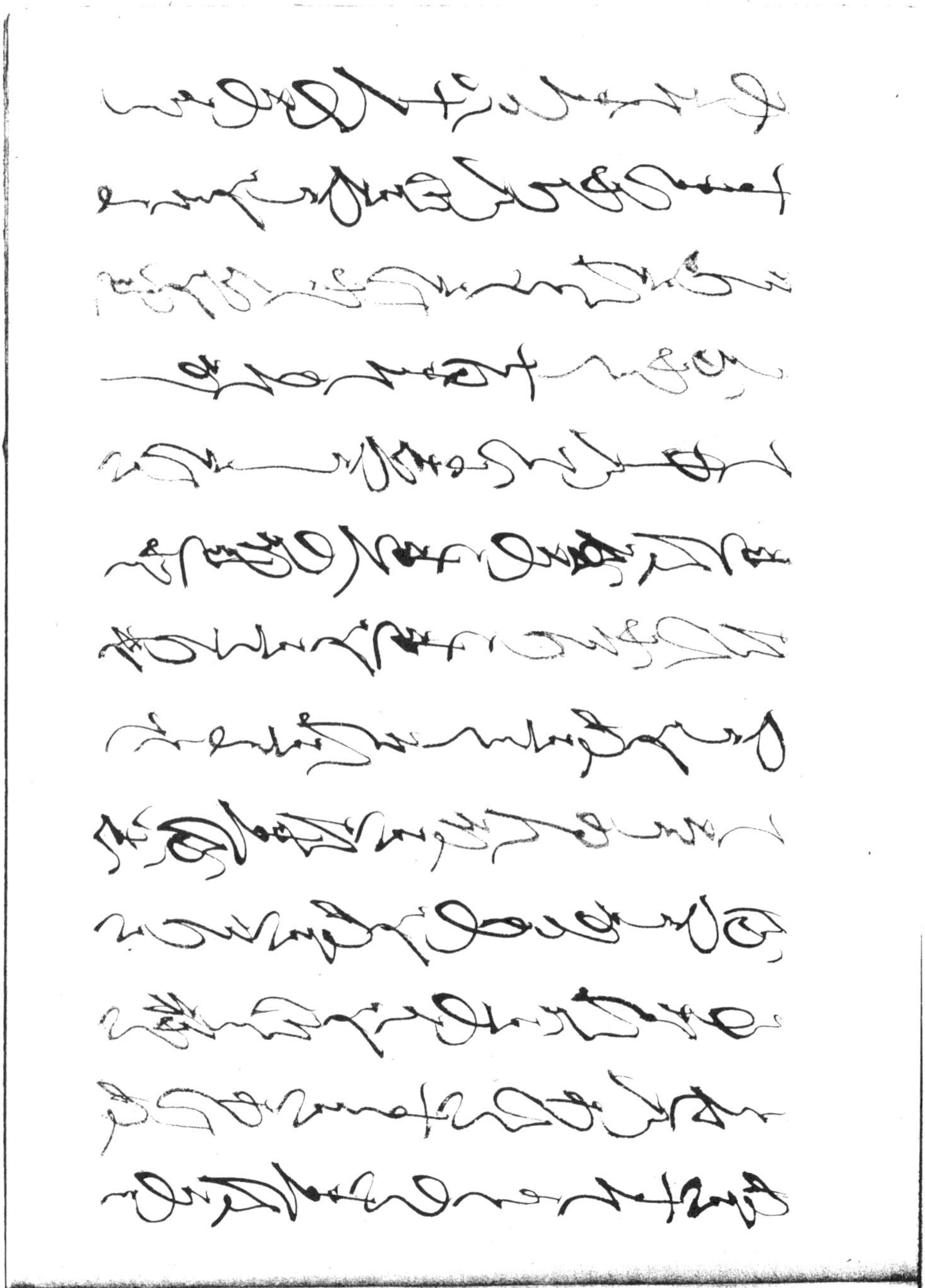

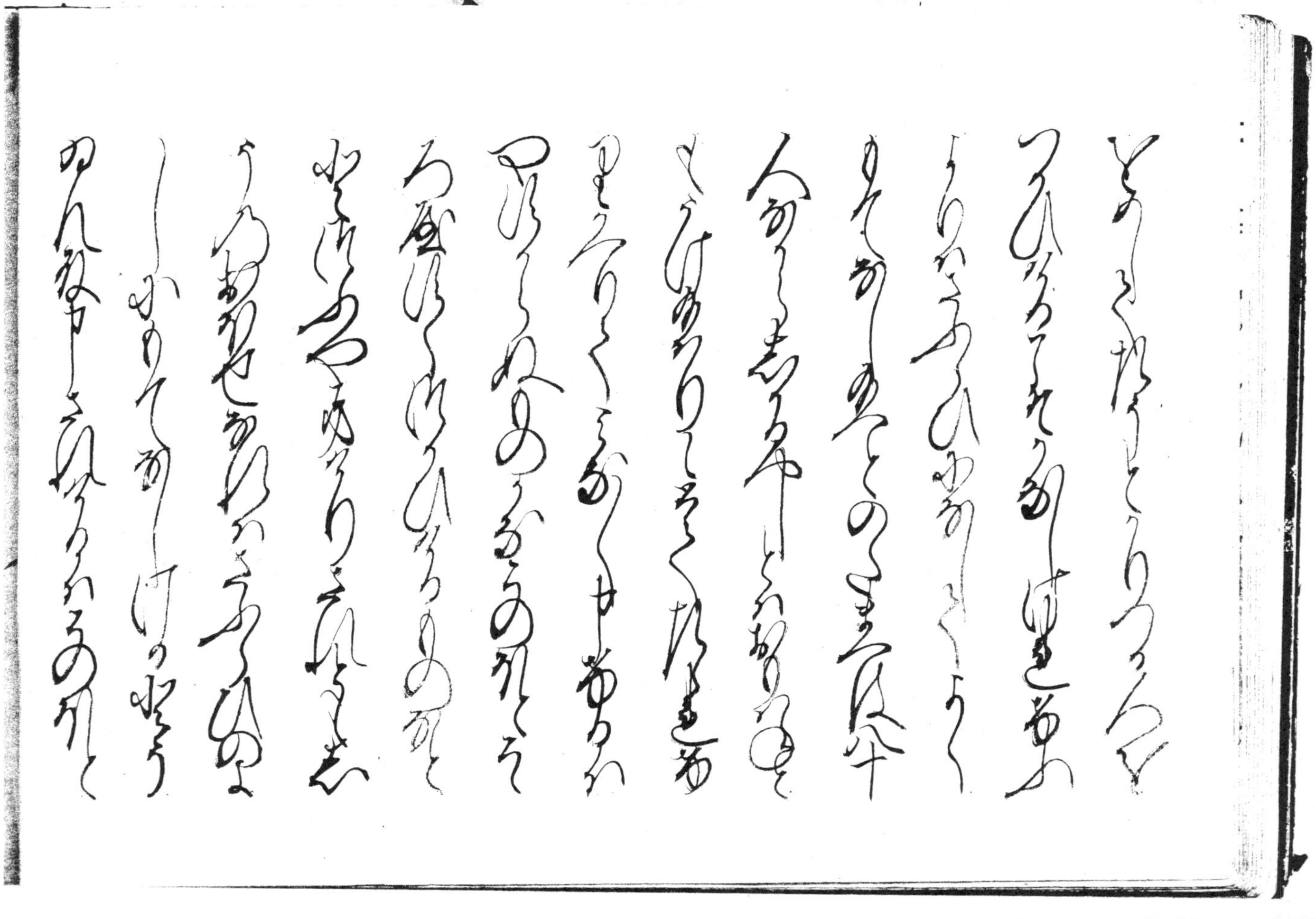

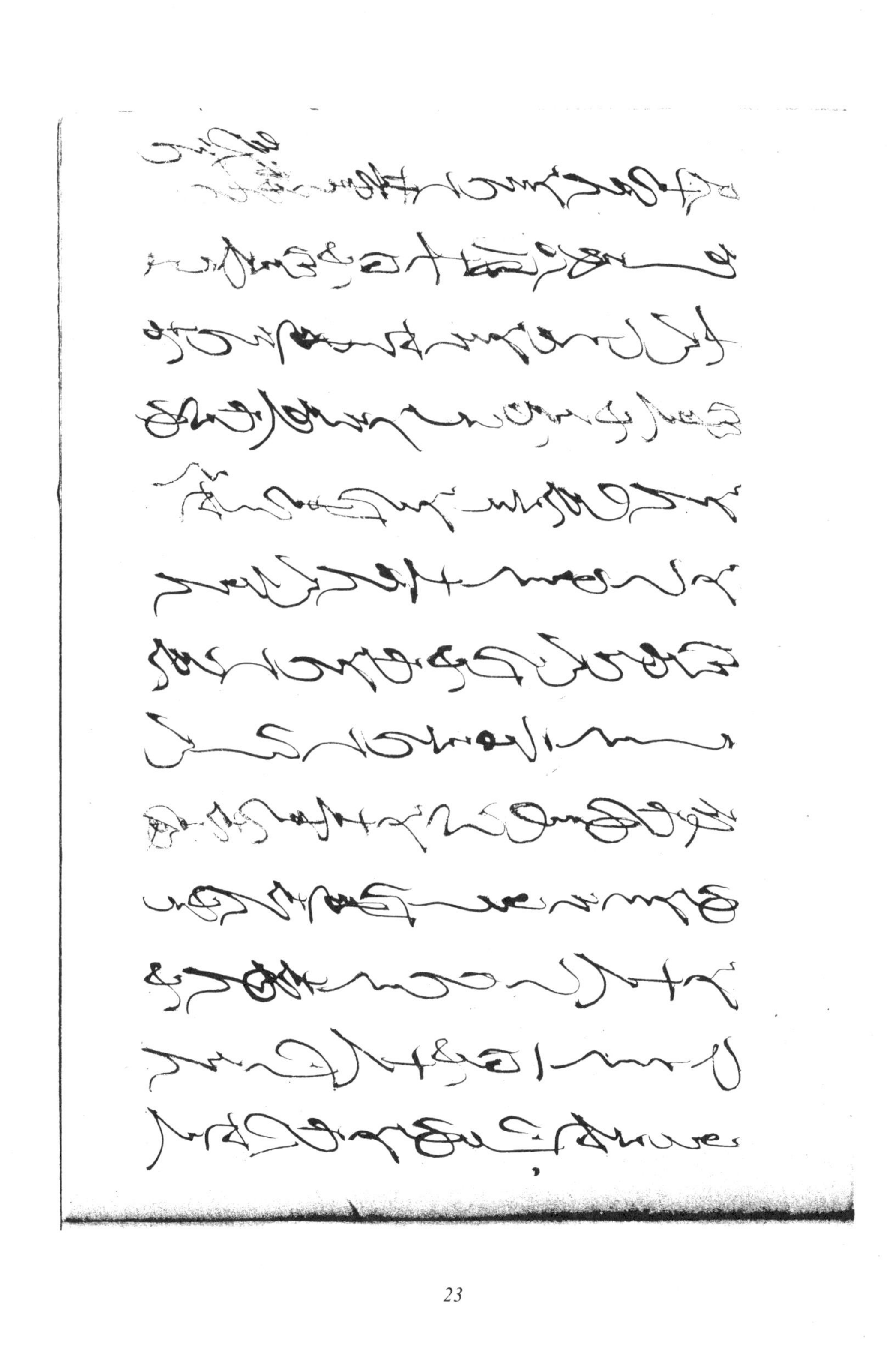

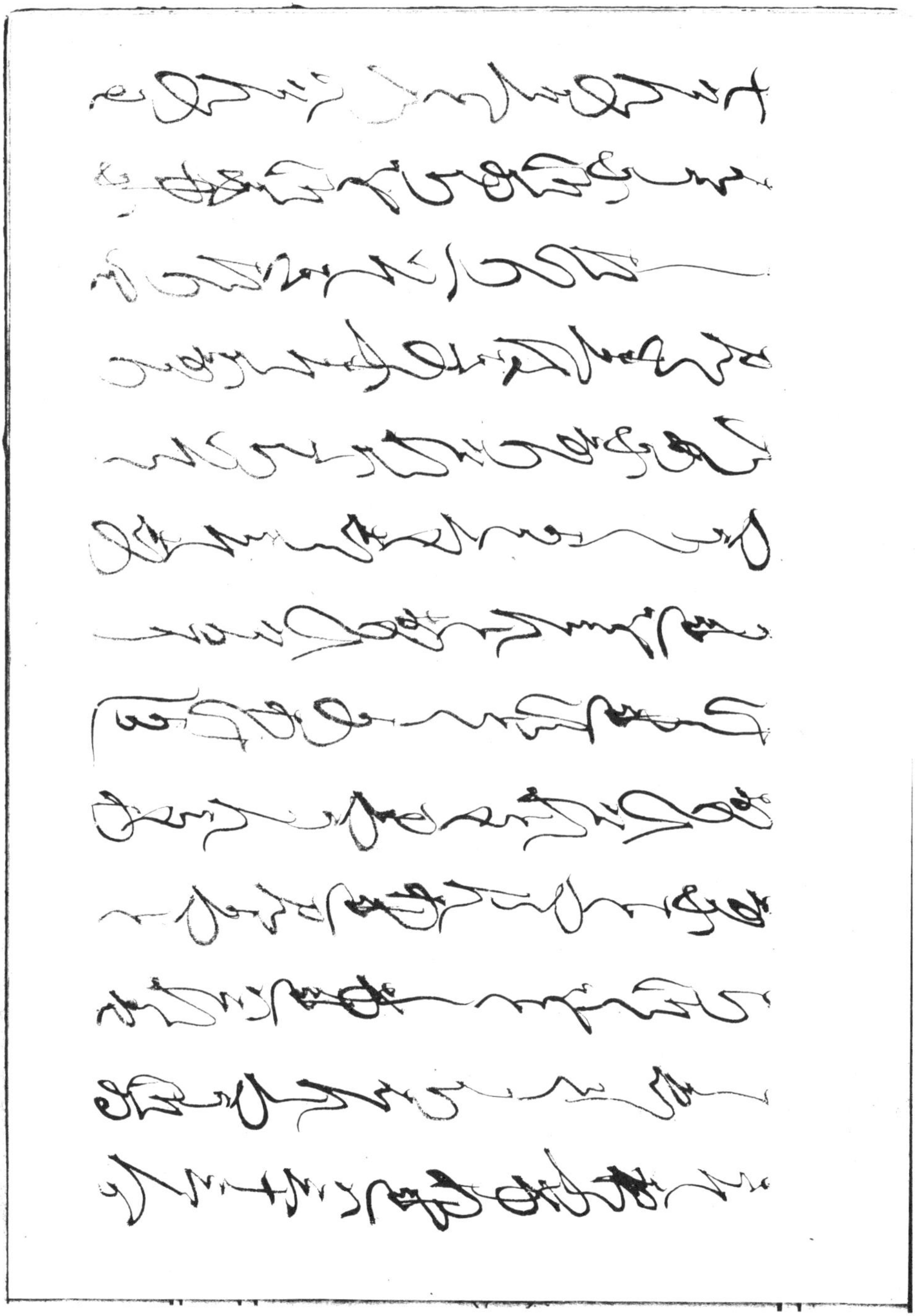

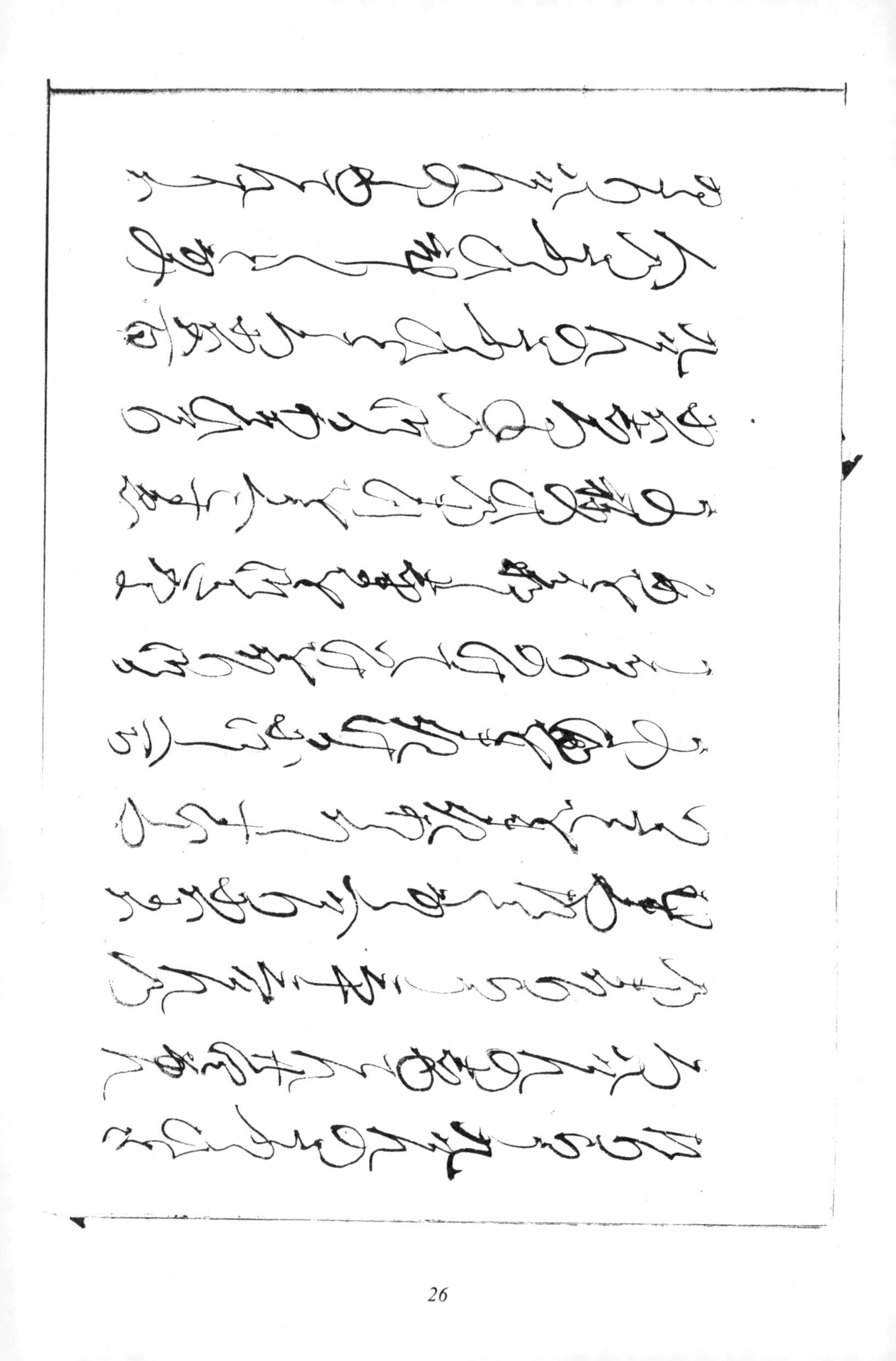

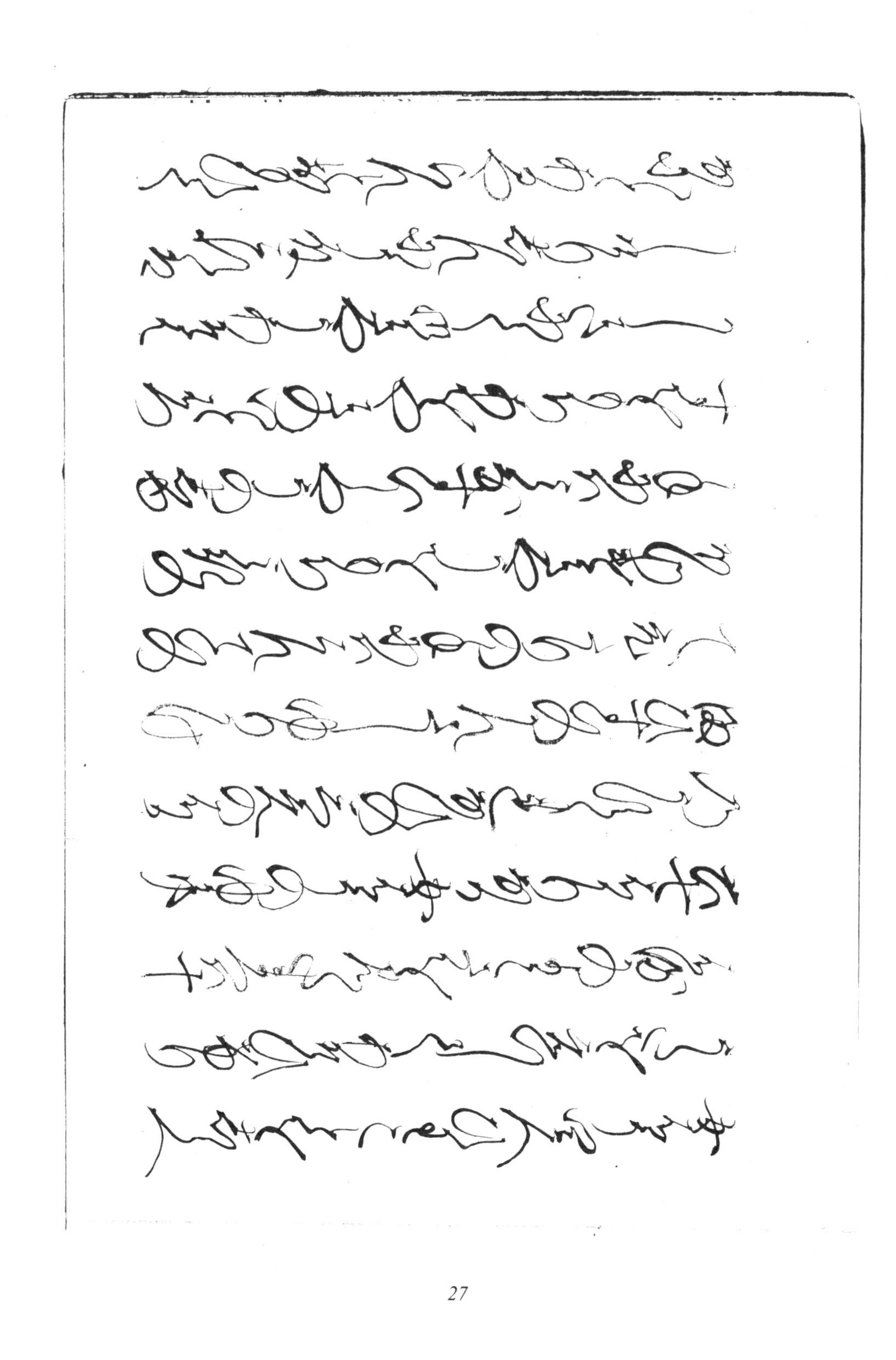

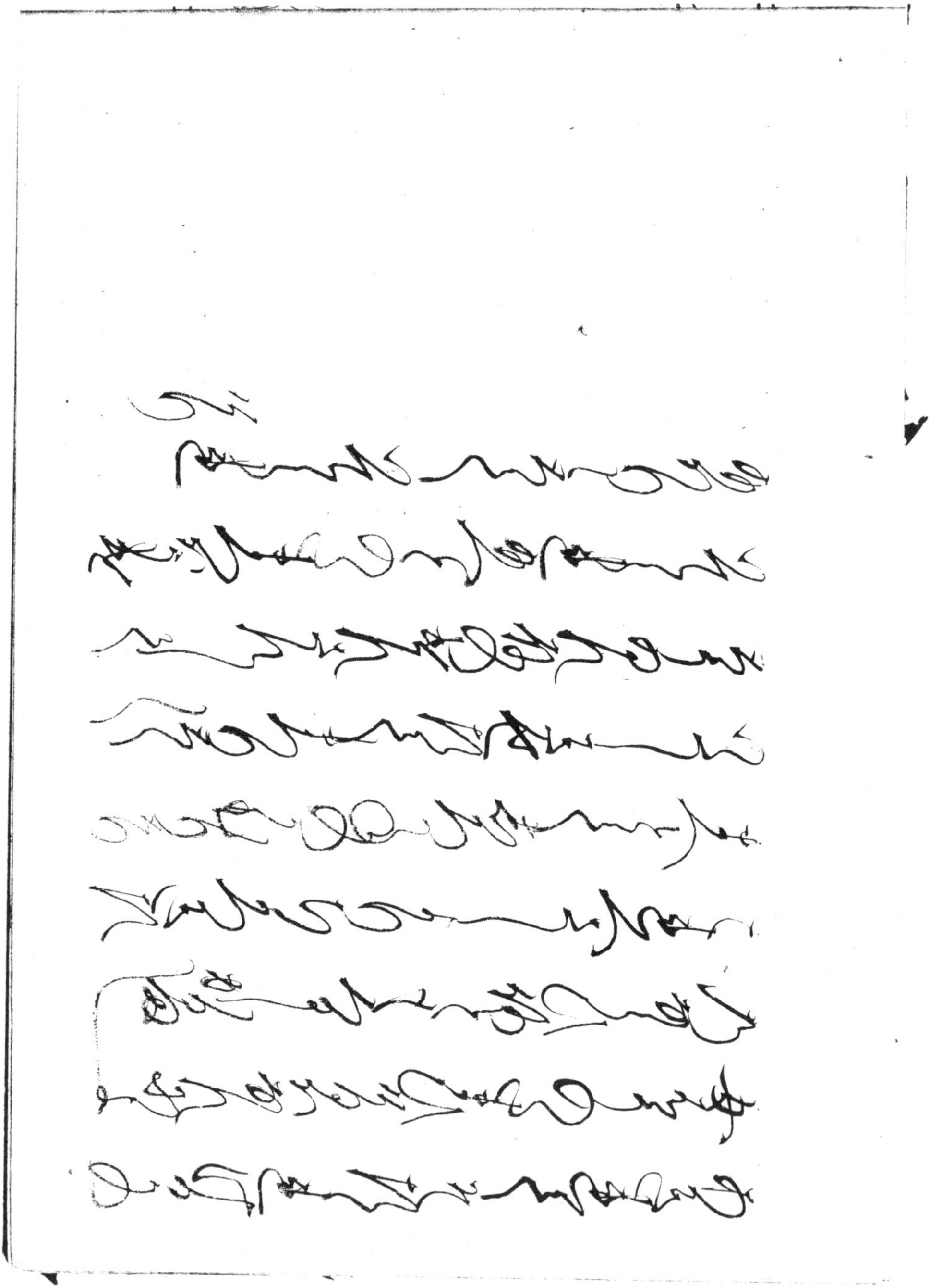

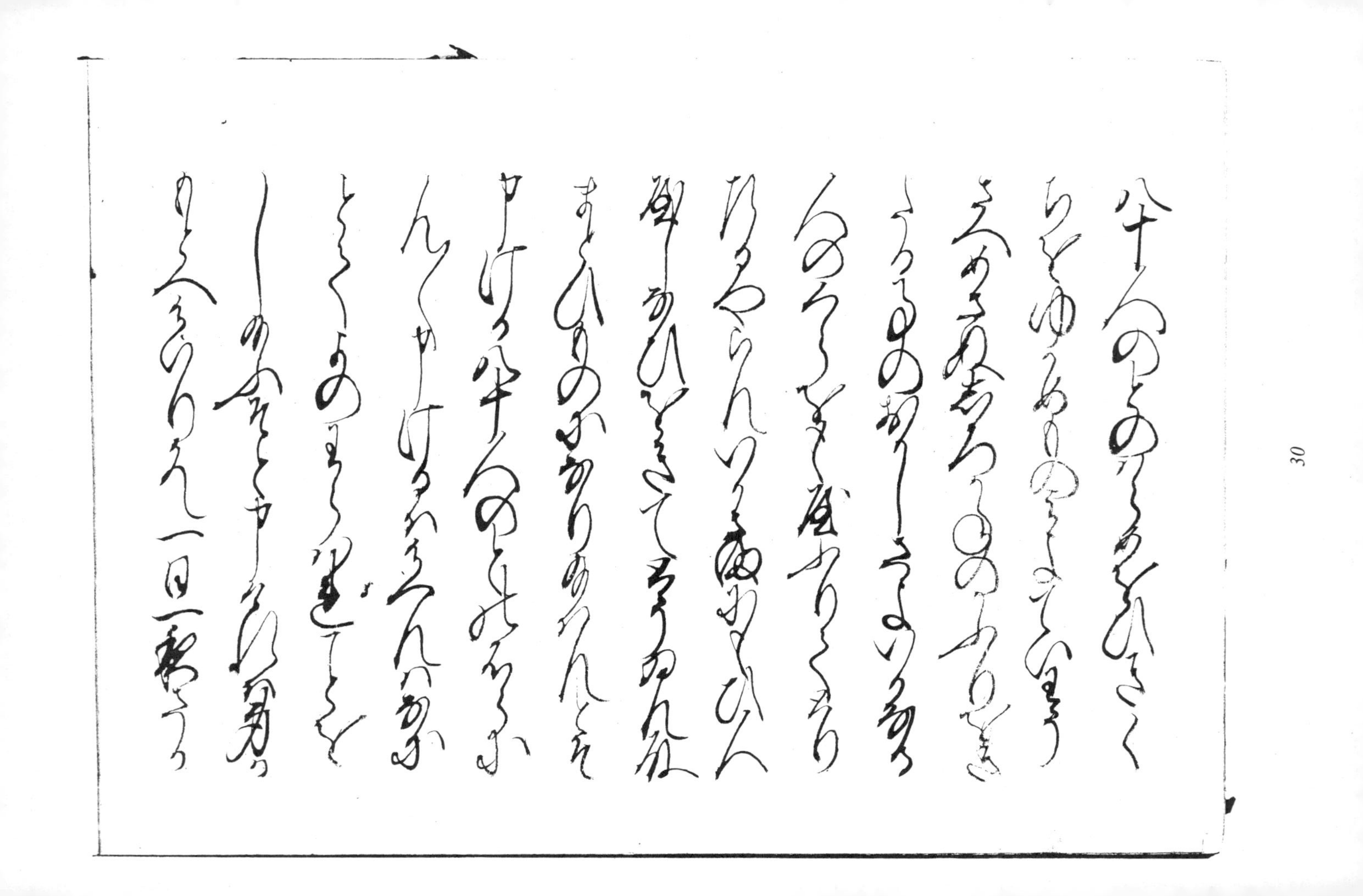

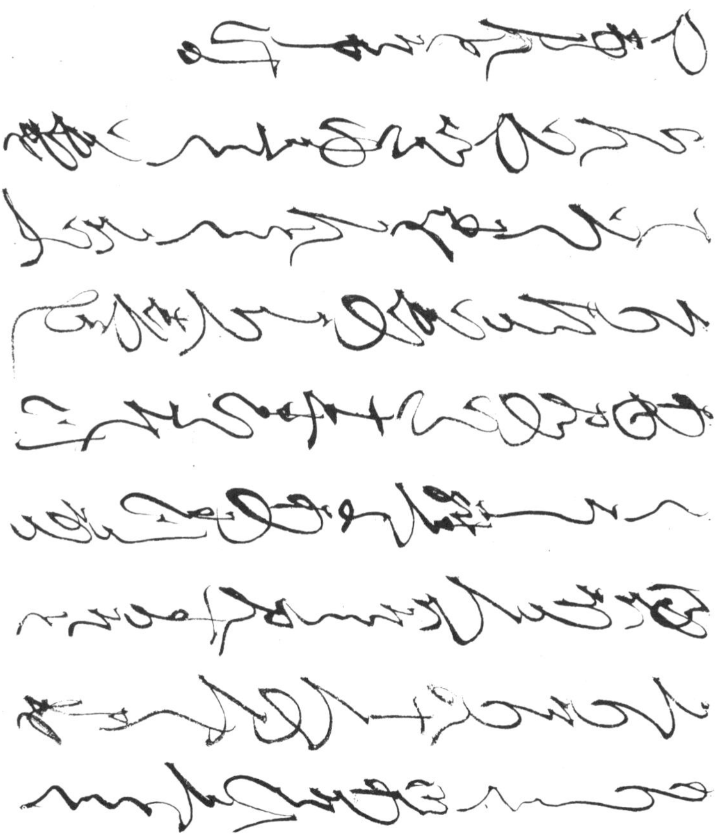

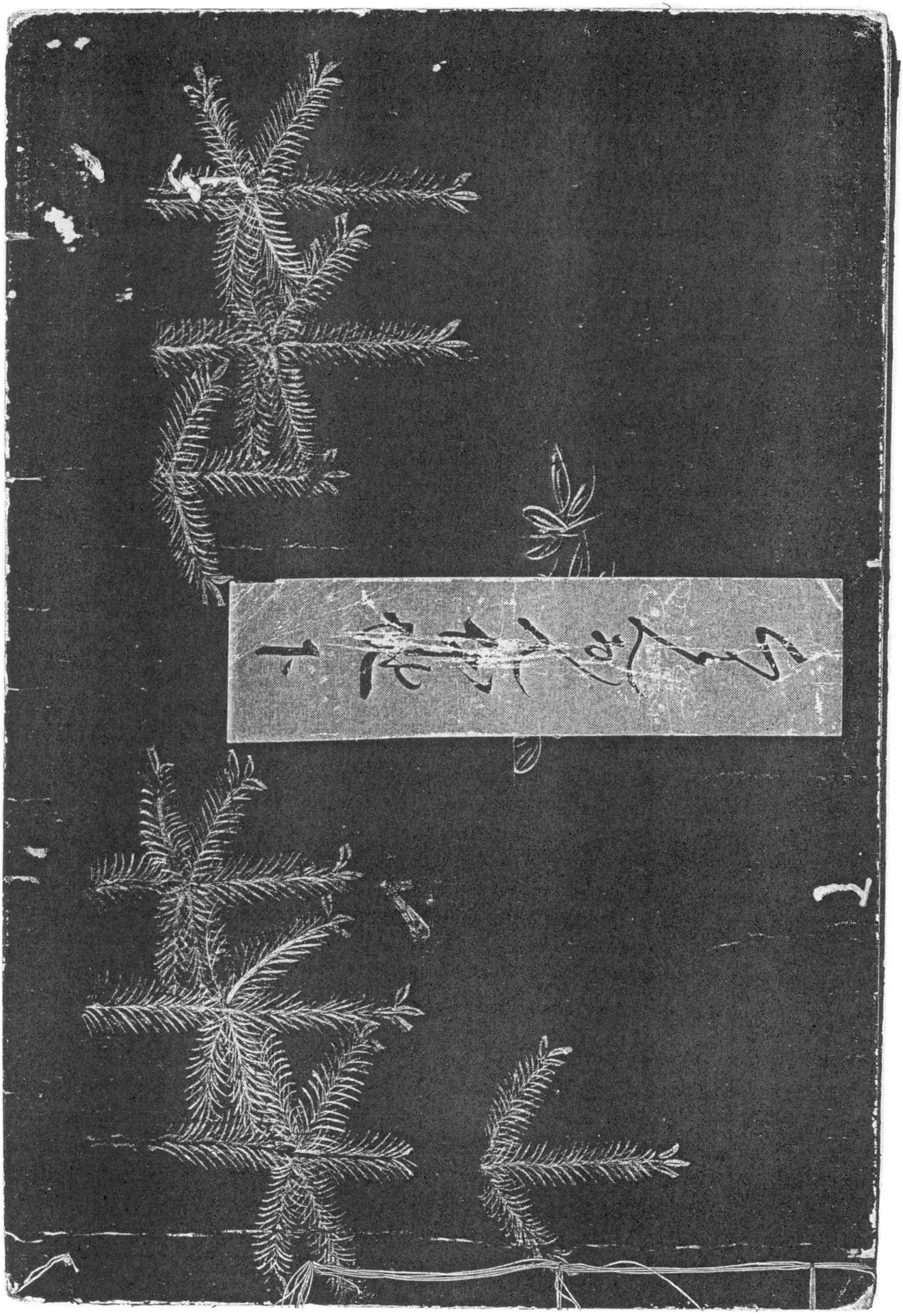

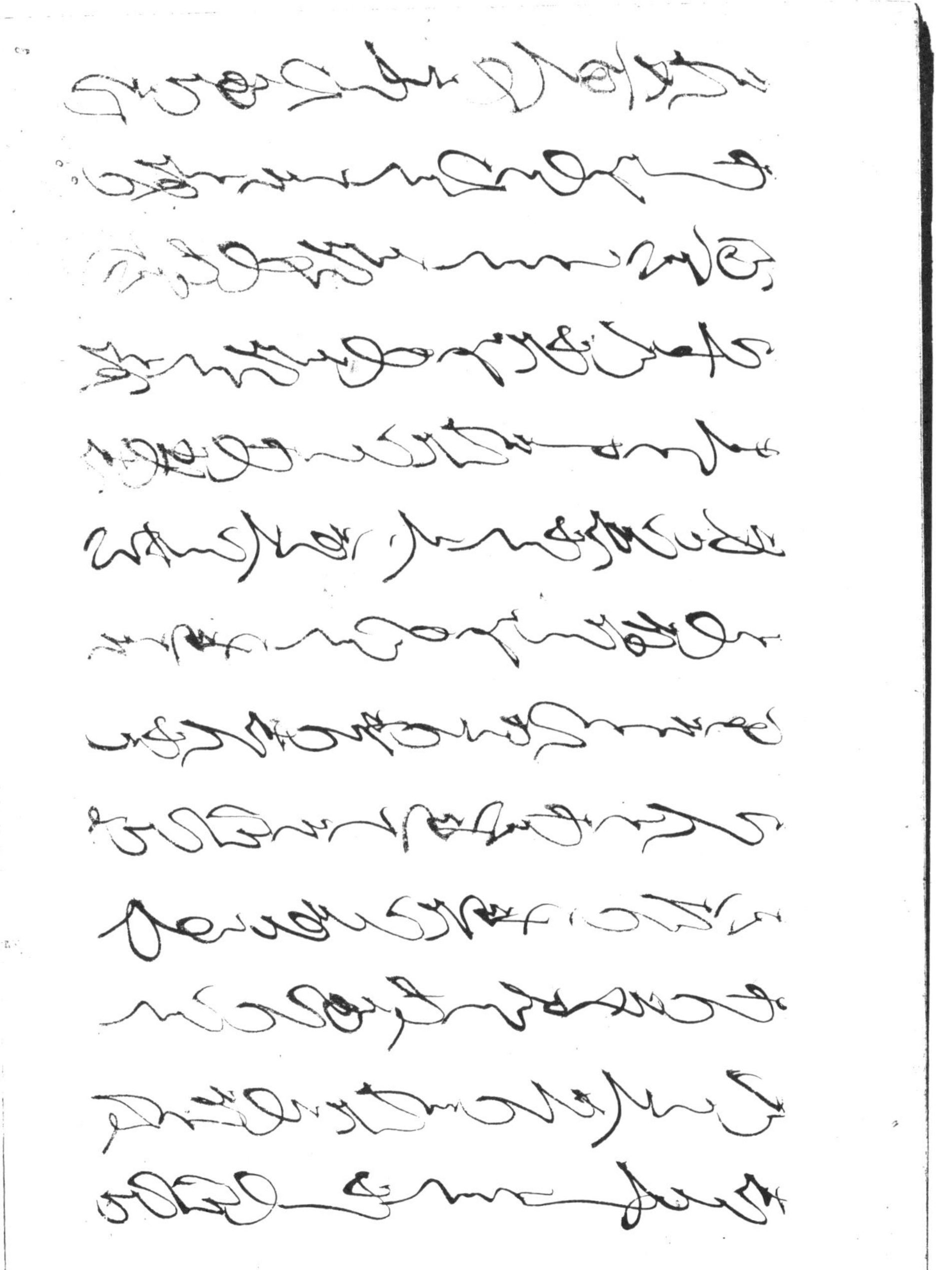

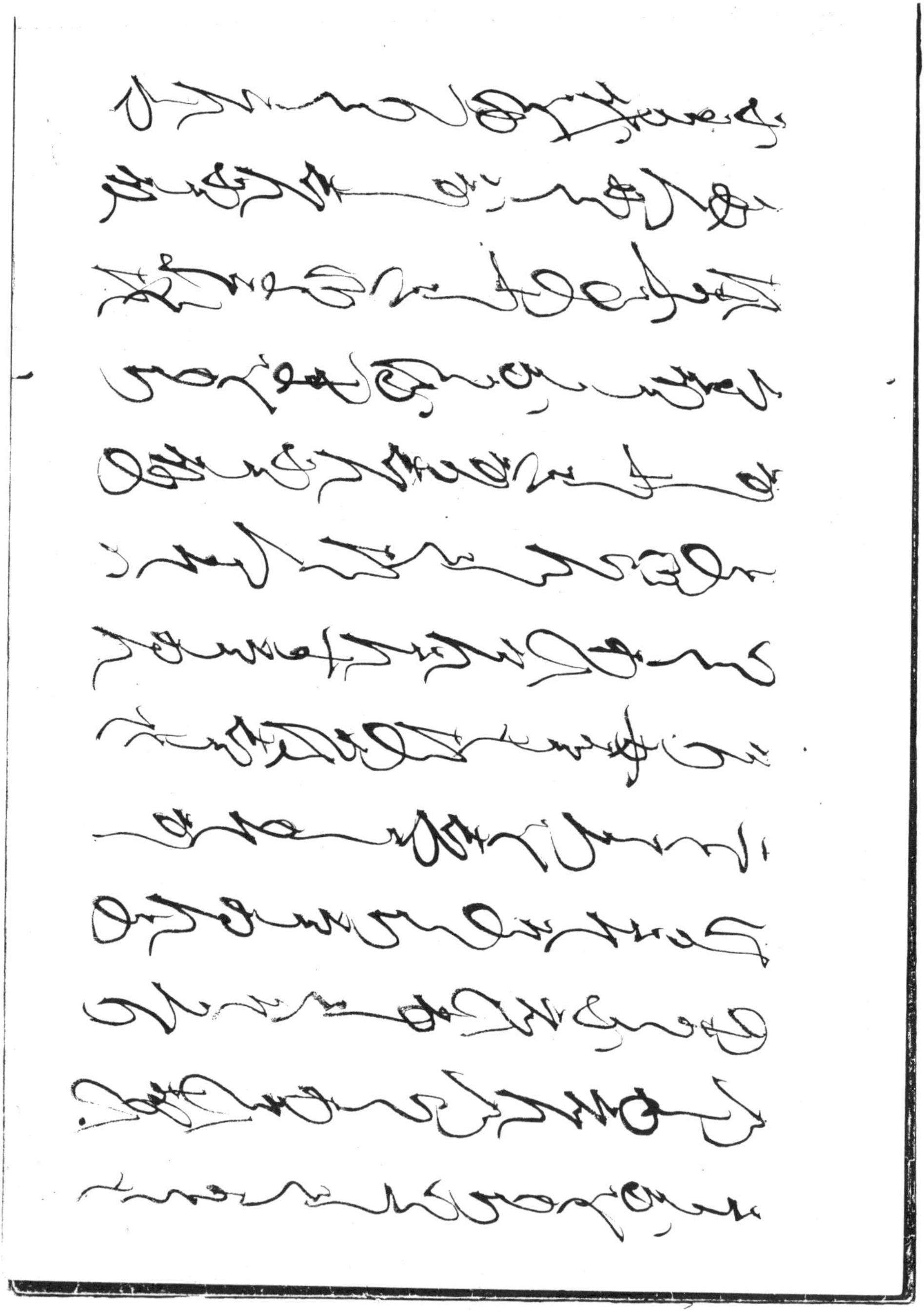

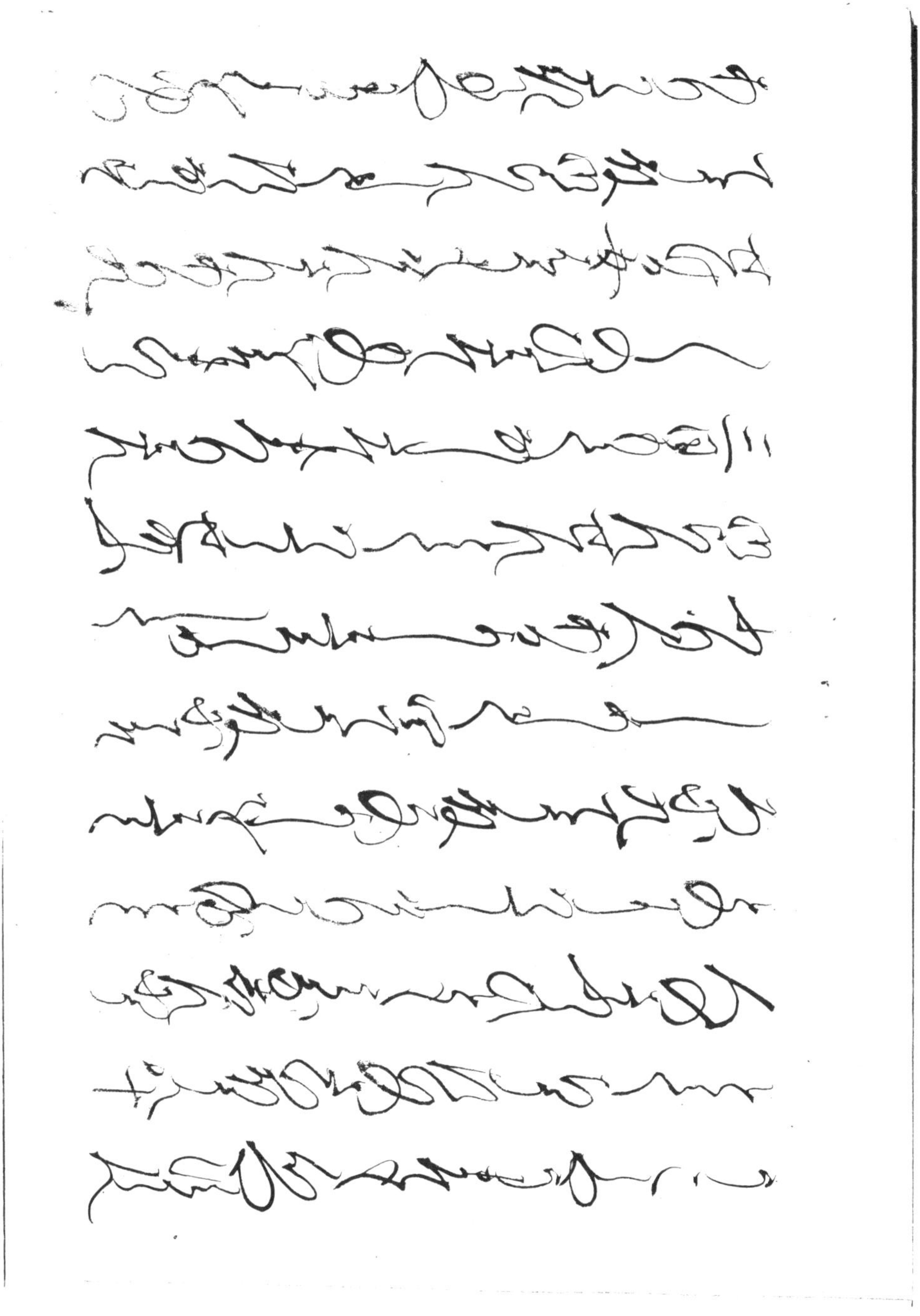

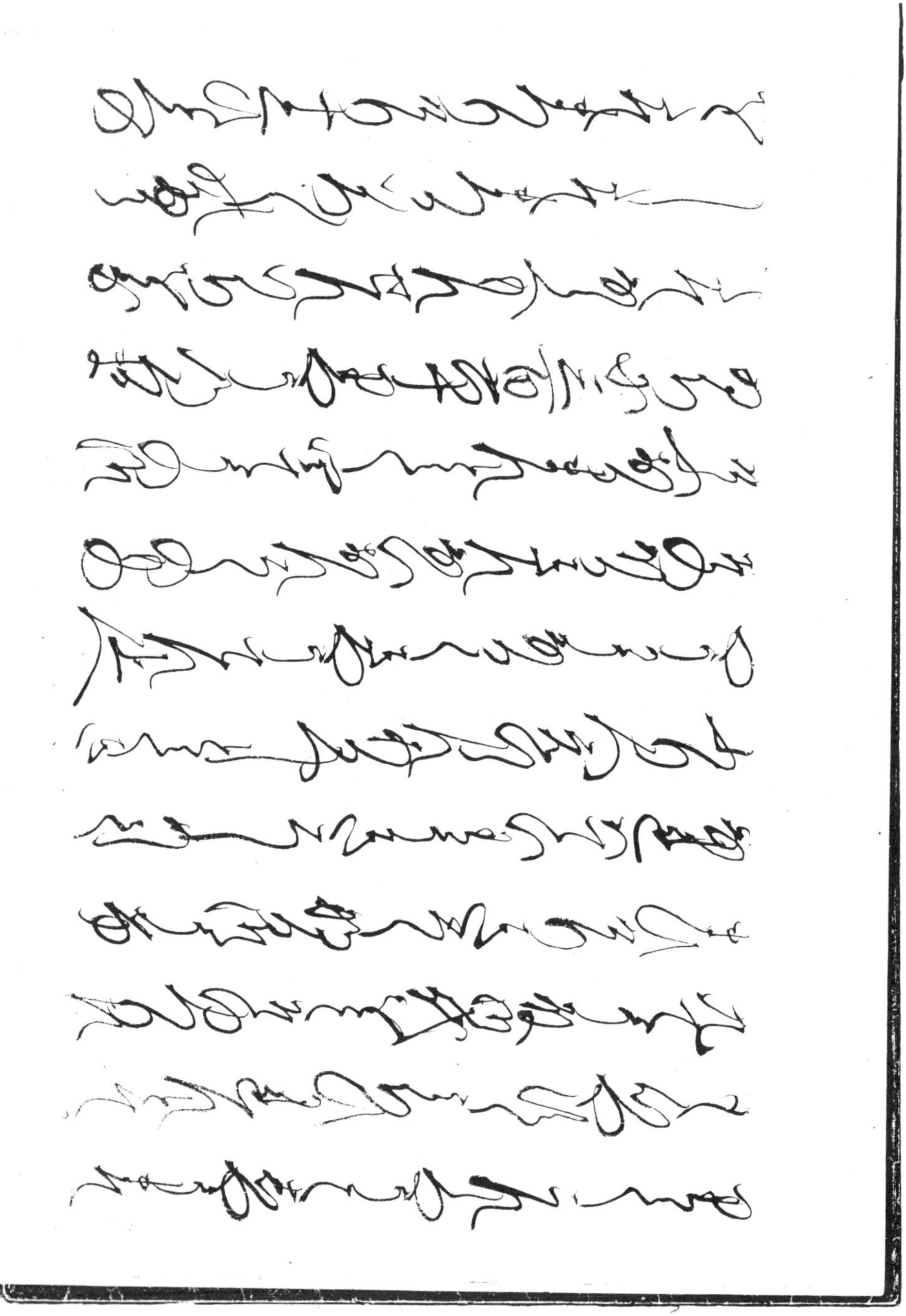

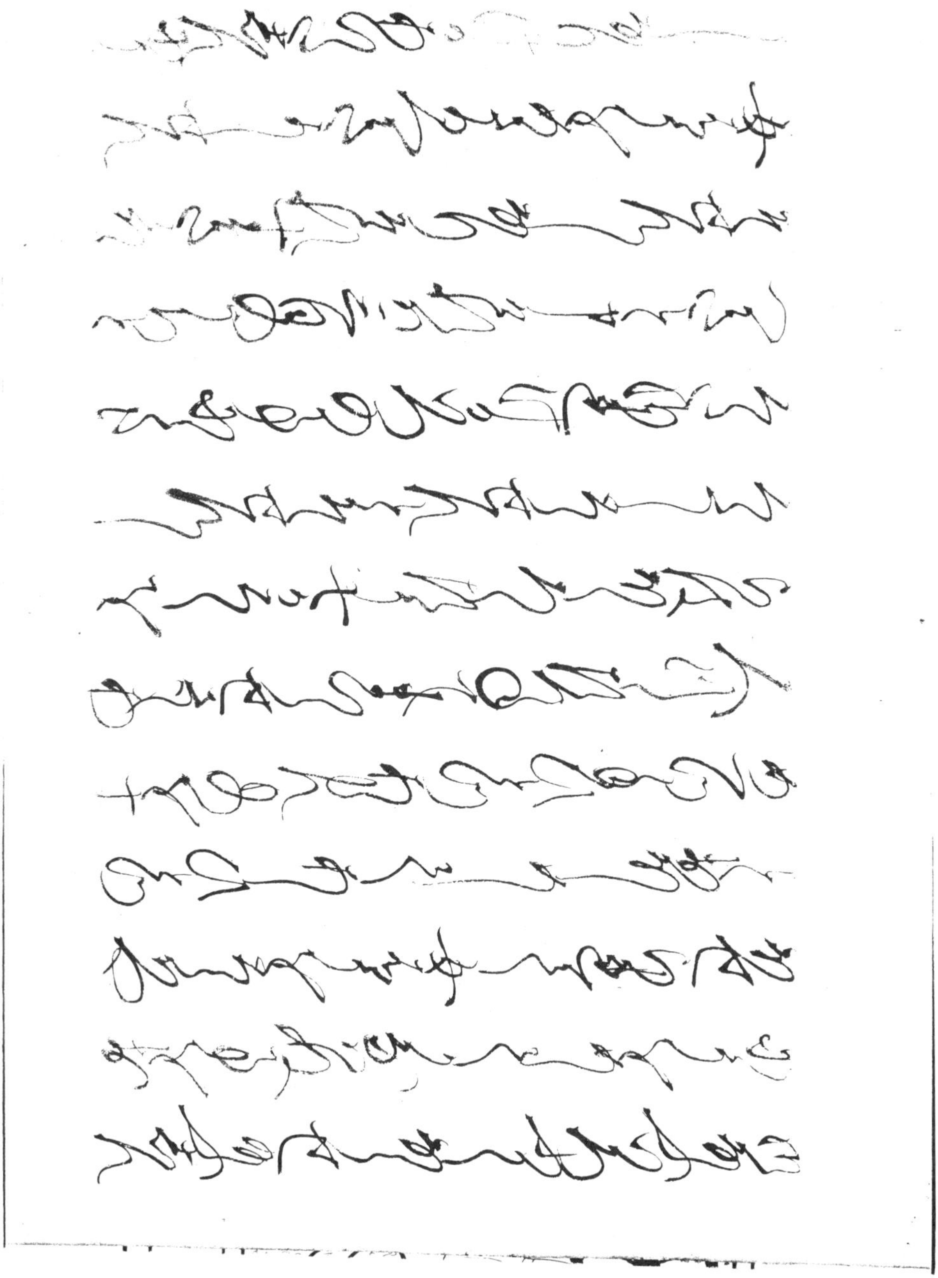

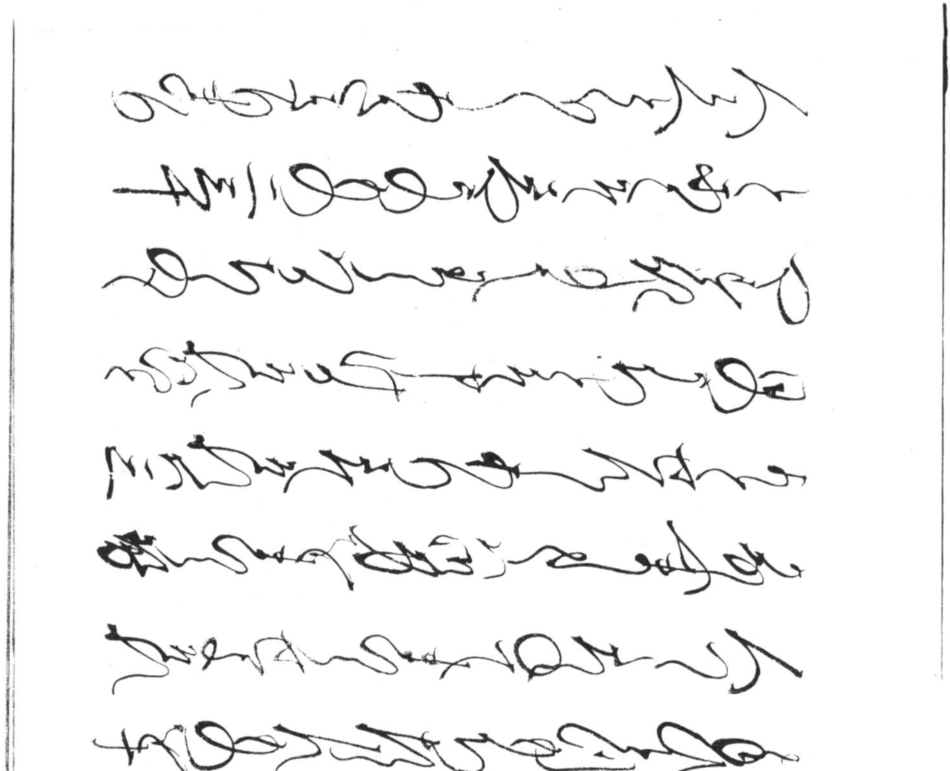

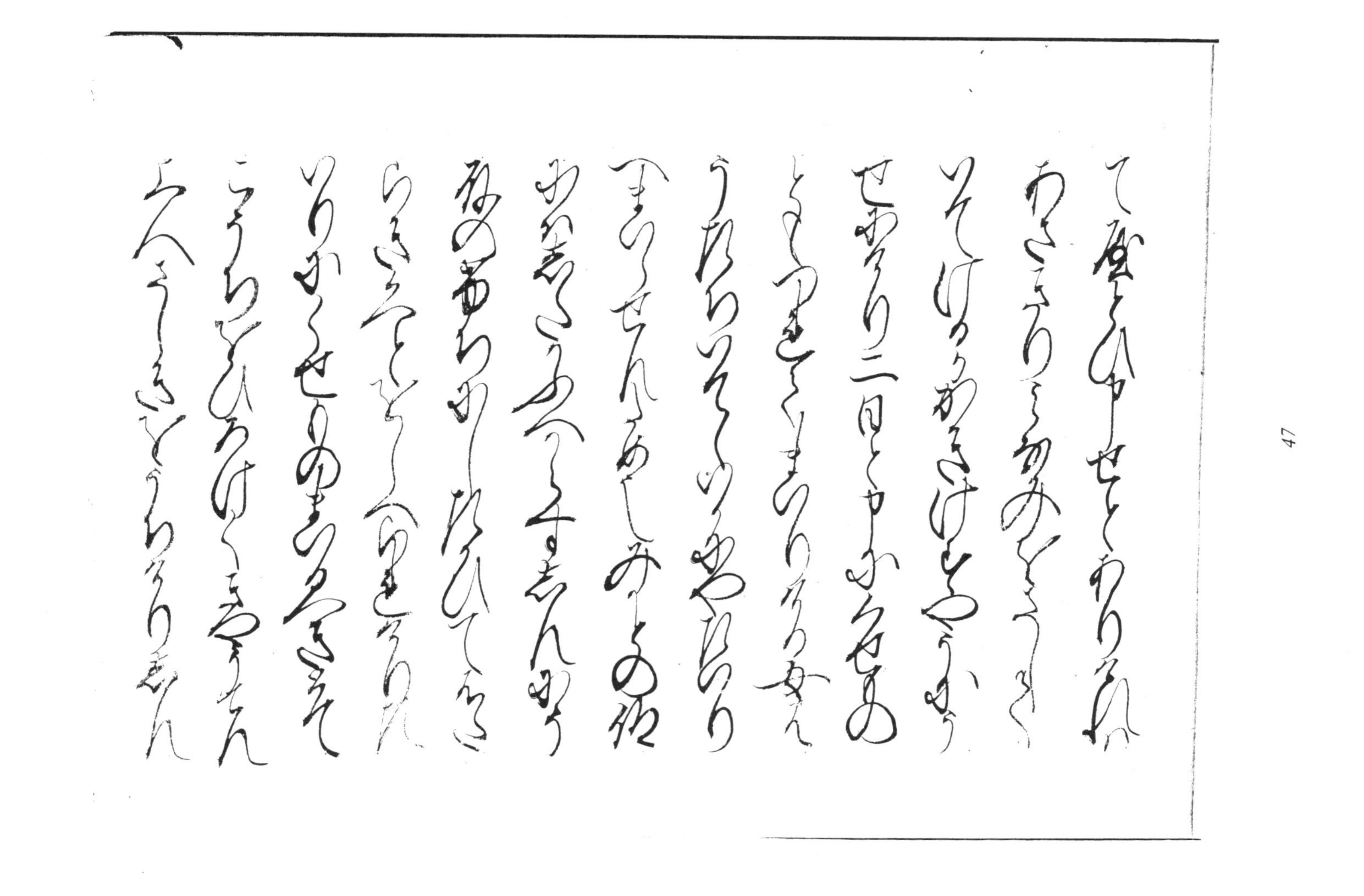

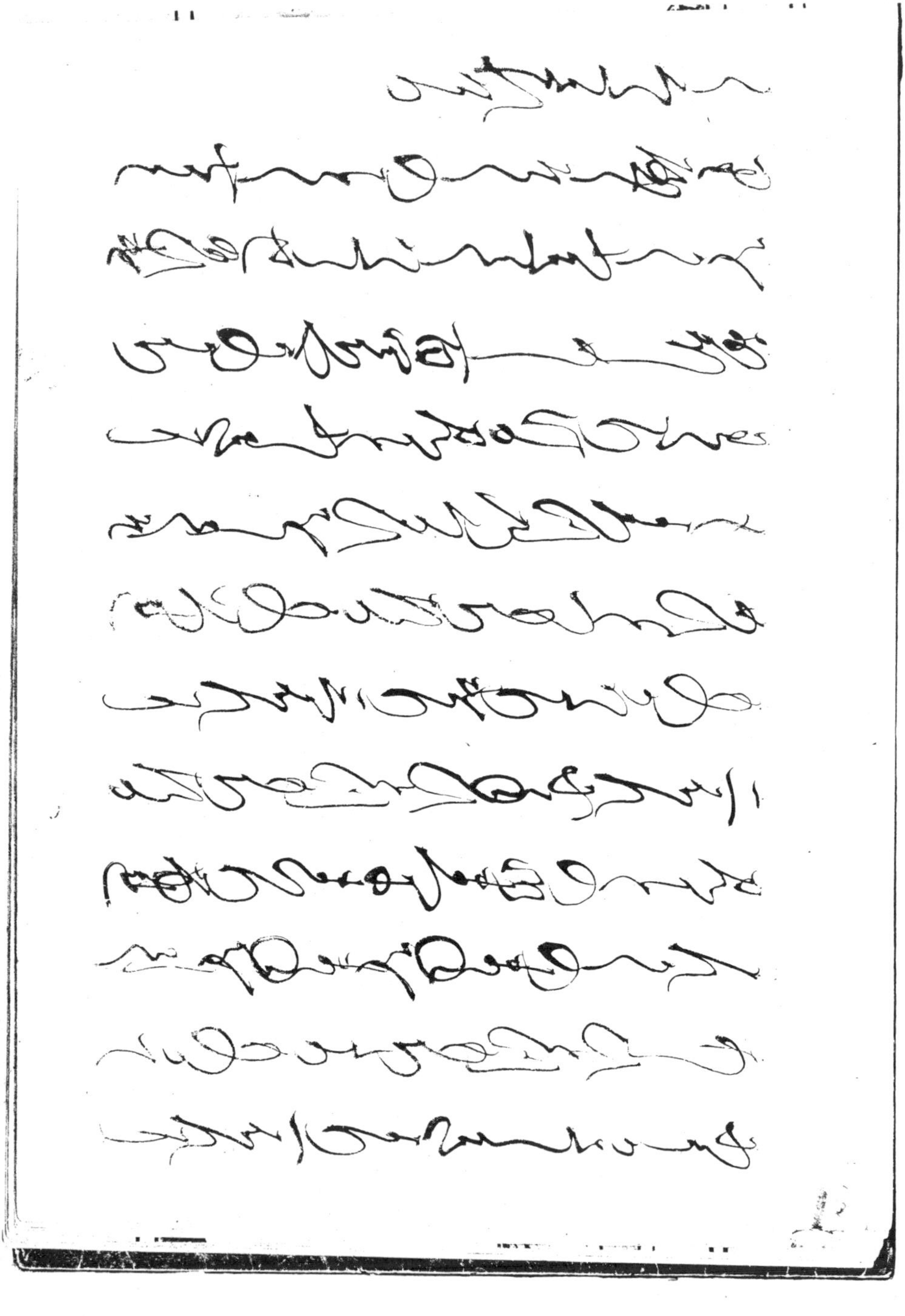

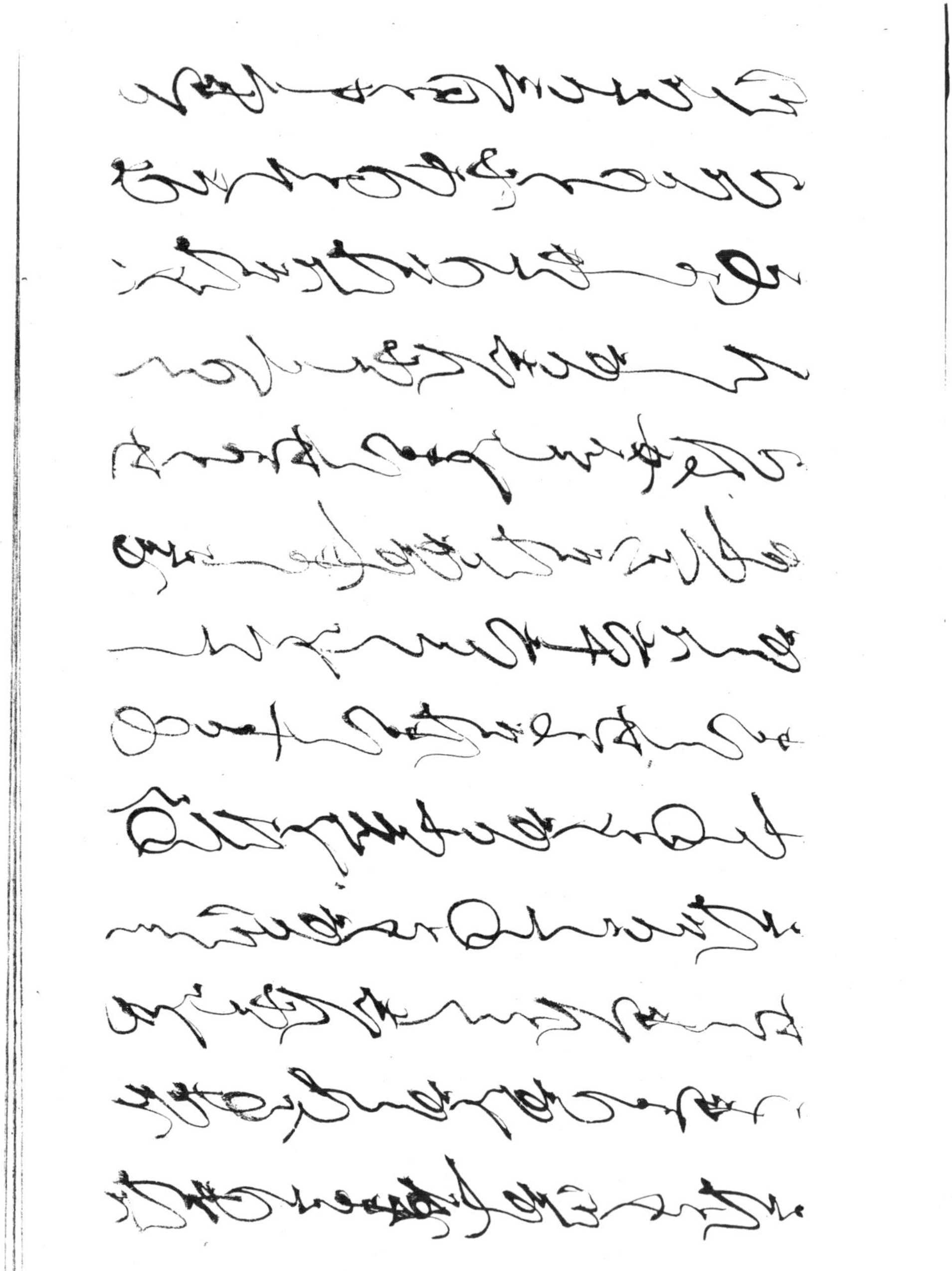

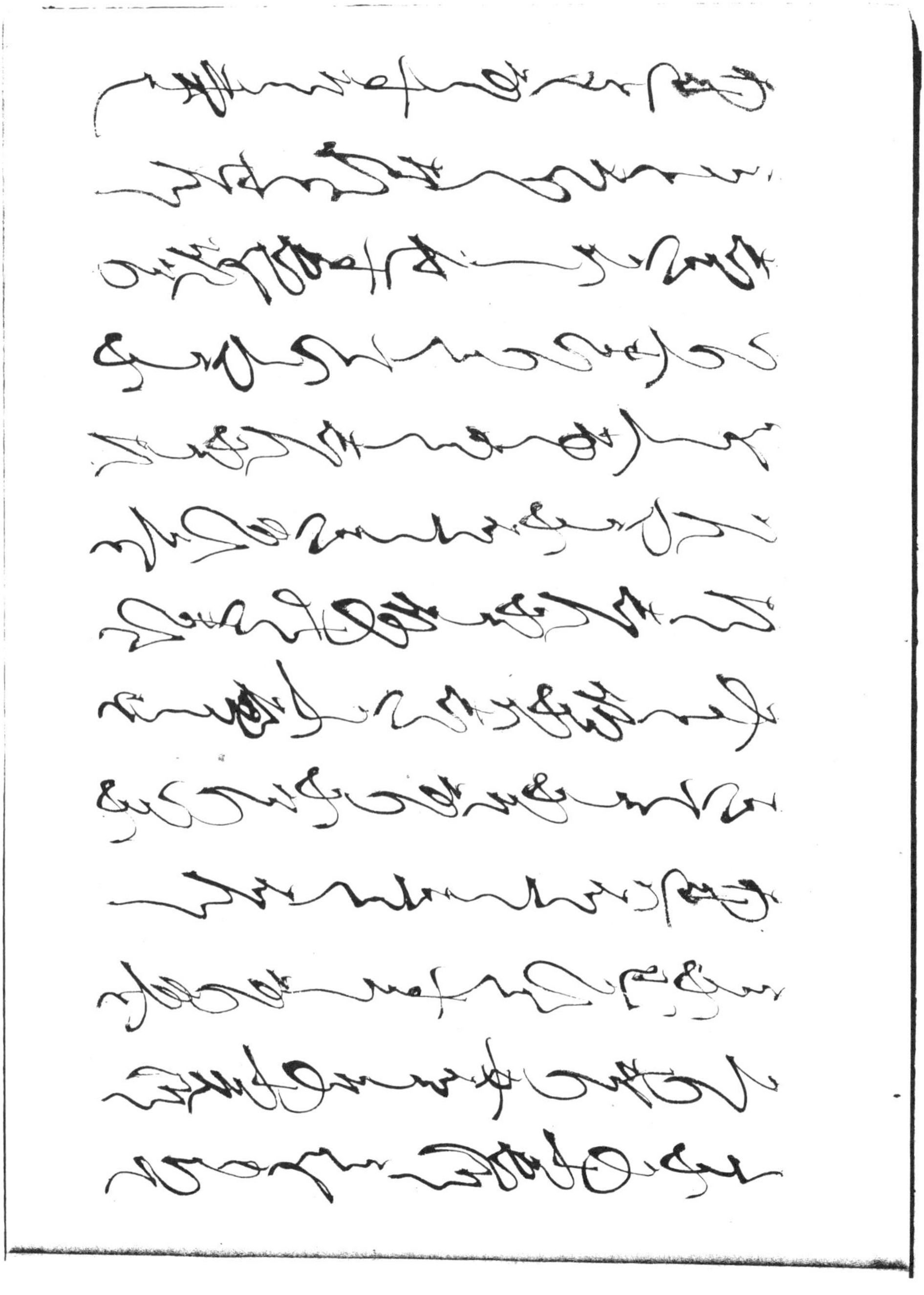

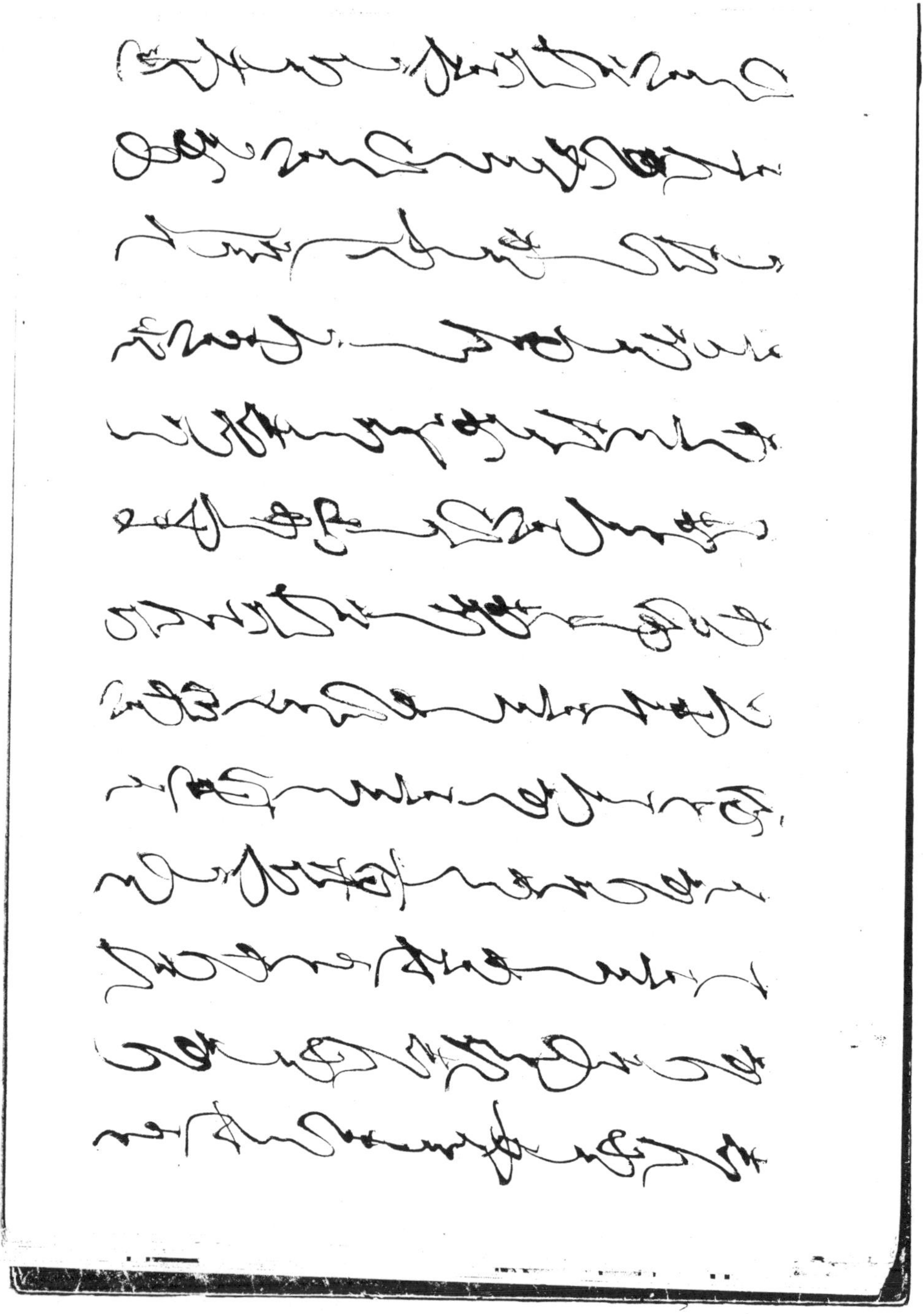

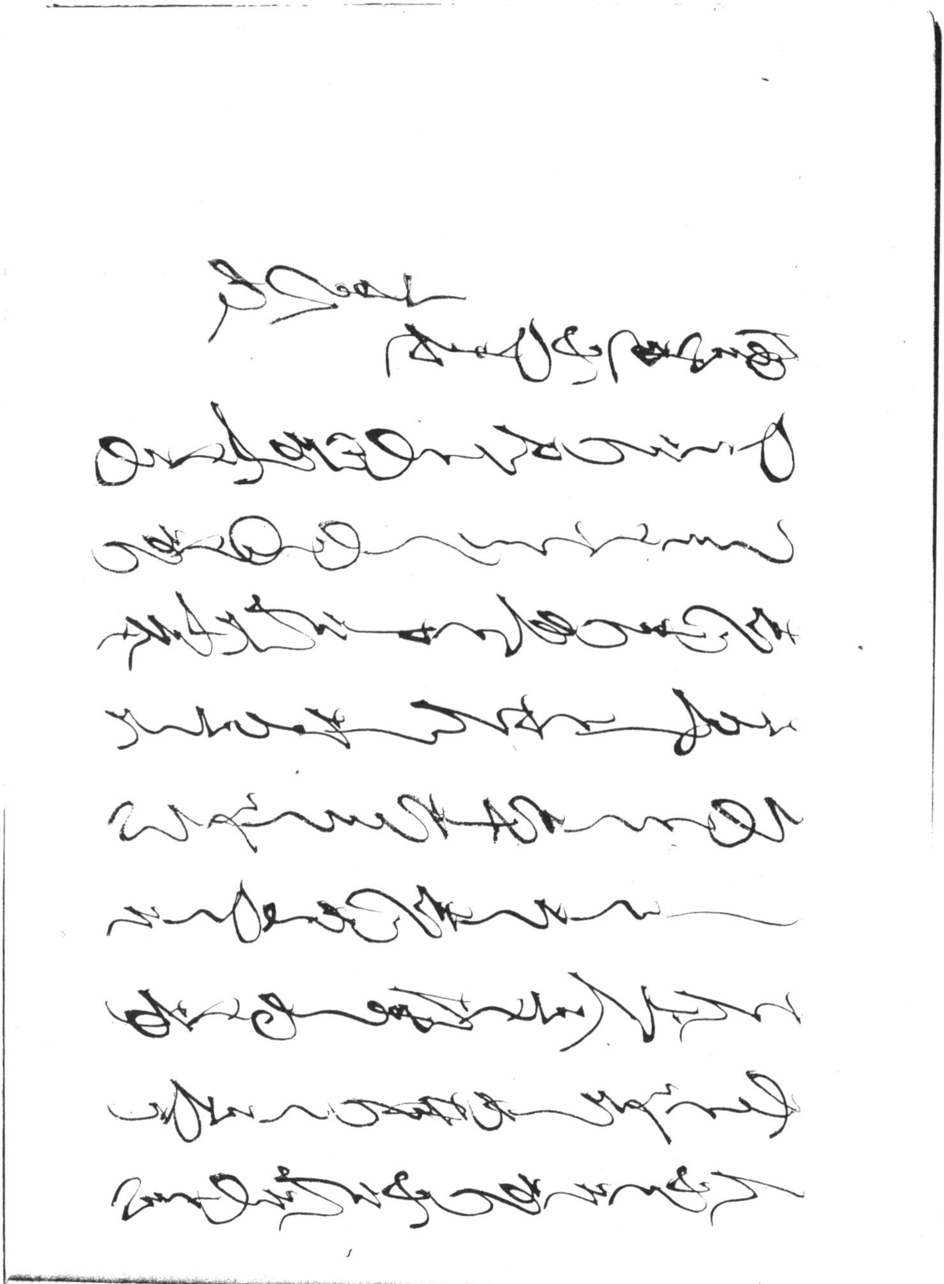

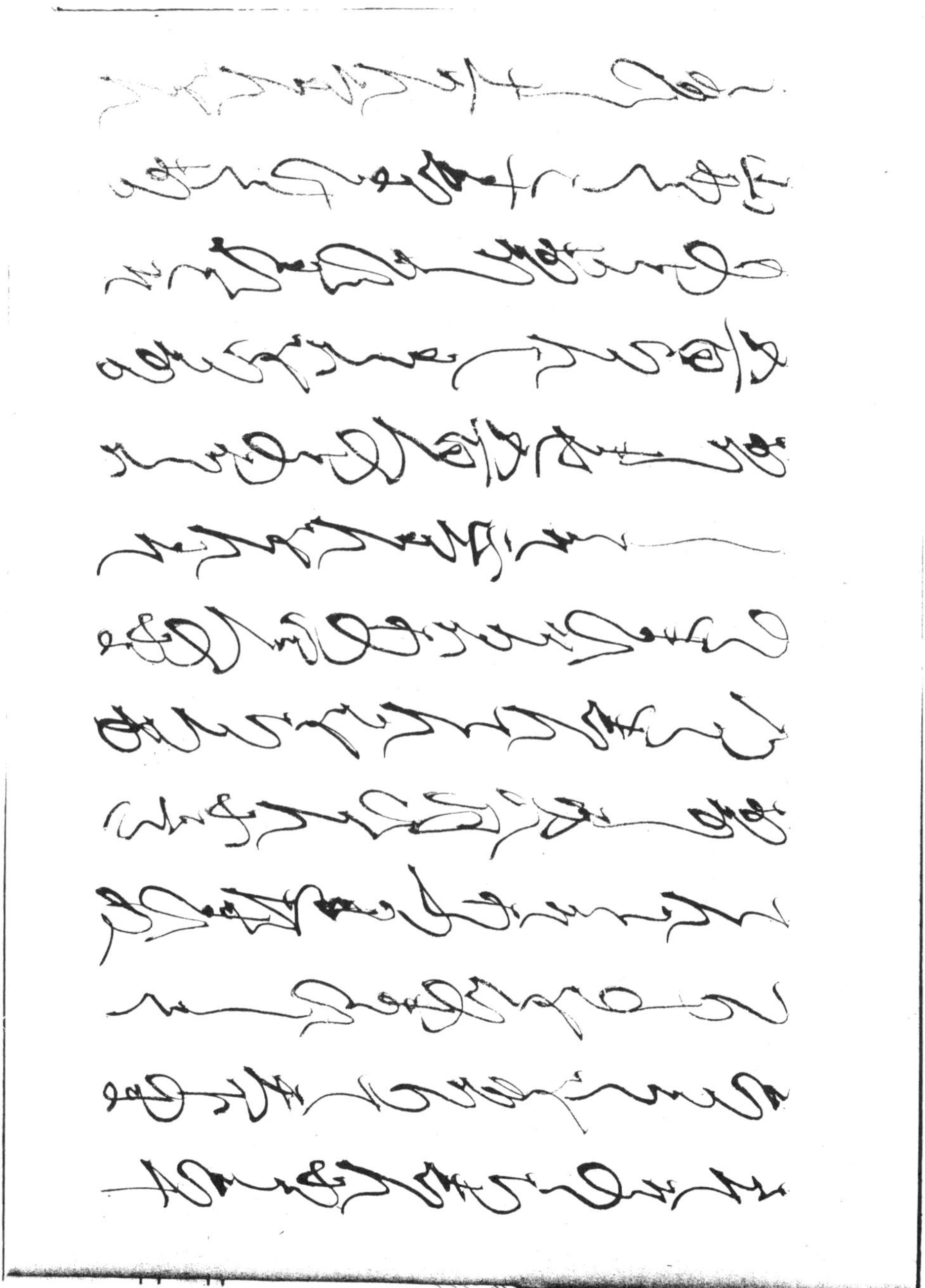

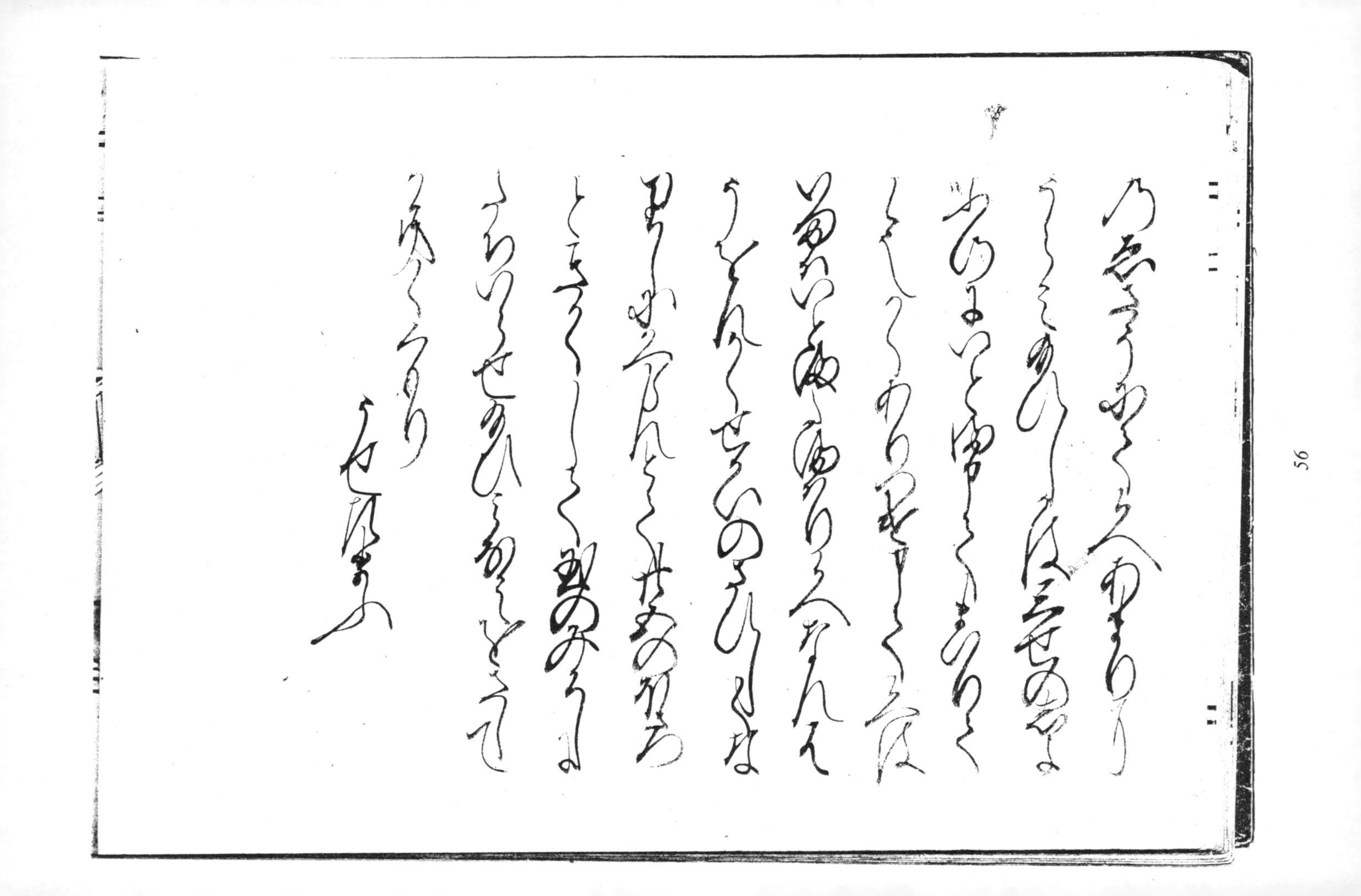

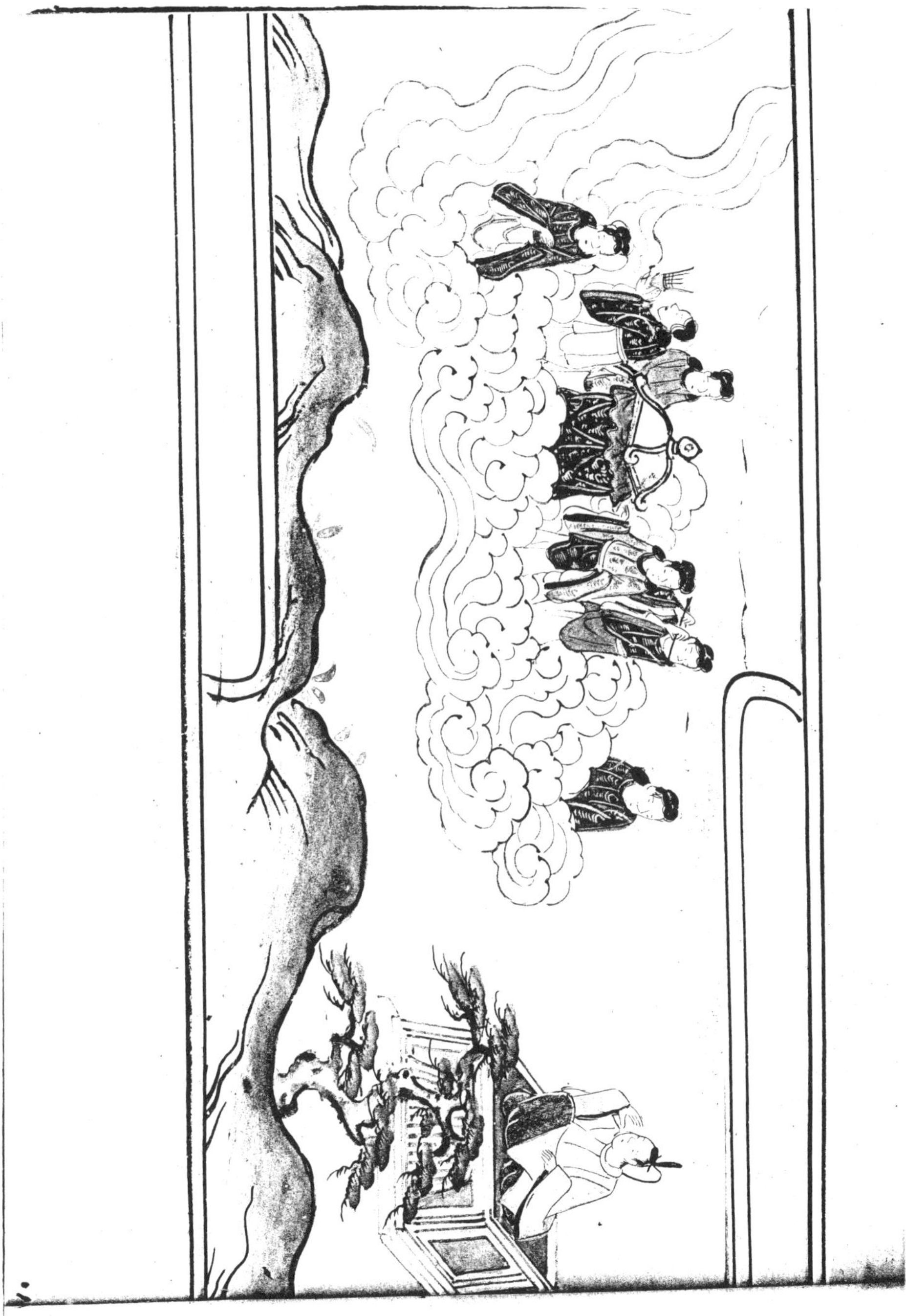

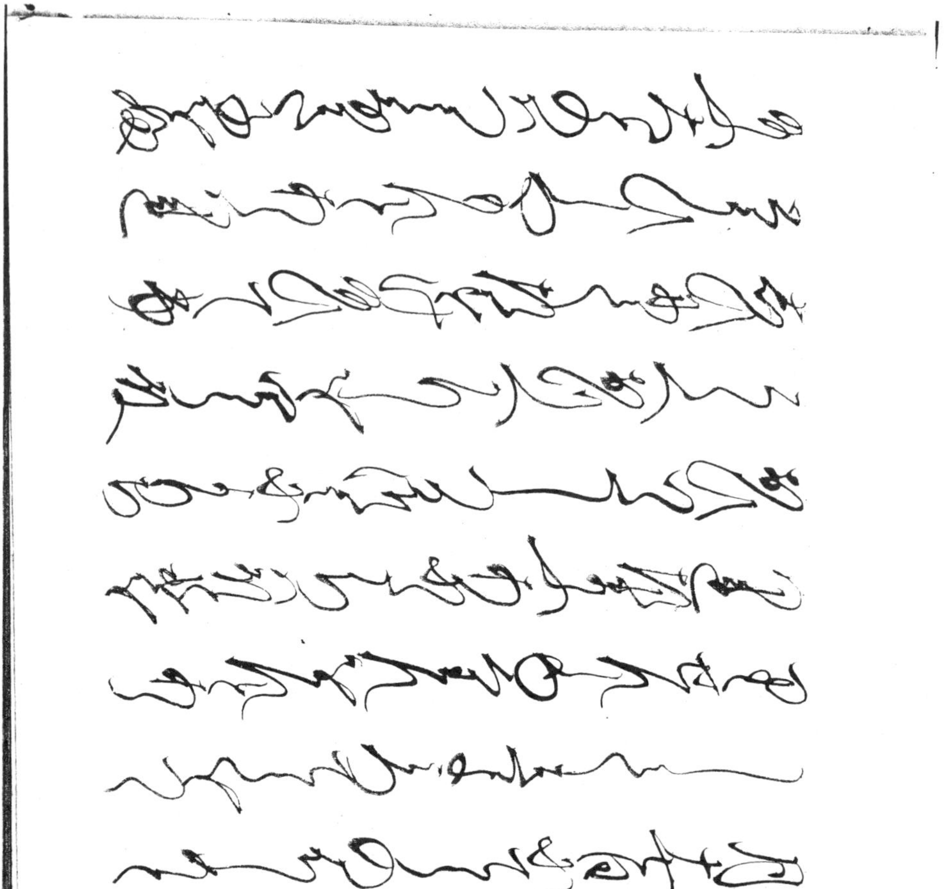

解題

『観音の本地』は、清水観音の縁起譚であるが、よく知られている清水寺の縁起とは異なっている。古浄瑠璃に『清水の御本地』があり、内容は似ている。本書には、詞書きの部分に針を刺した穴があり、書写の目安であったことがわかる。内容は、以下の通りである。

清水の千手観音の本地はめでたいものである。丹波国の四郎太夫は、男子二十四人女子二十四人を持ち、四男の四郎に家督を譲ろうとした。しかし、四郎は兄達によって追い出され、清水山で八十人の侍に仕え、しんにうと呼ばれた。しんにうは十一面観音の絵像を常に拝み、やがて十一面観音が天降り妻となり、富貴の身となる。しんにうは清水寺を建立し、自らは千手観音と現れたという。

なお、『観音の本地』の伝本は少なく、他に、慶應義塾図書館の横型奈良絵本と、赤木文庫旧蔵の残欠絵巻とがあるのみである。本書は、形態的には、慶應義塾図書館の奈良絵本によく似ている。

以下に、本書の書誌を簡単に記す。

所蔵、架蔵

形態、袋綴、奈良絵本、二冊

時代、［江戸前中期］写

寸法、縦一六・六糎、横二四・〇糎
表紙、紺地金泥表紙
外題、題簽「くわんおん本地」
見返、銀紙
内題、ナシ
料紙、間似合紙
行数、半葉一三行
字高、約一二・五糎
丁数、本文、上一五丁、下一三丁
挿絵、上五頁、下五頁

室町物語影印叢刊20
観音の本地
定価は表紙に表示しています。

平成十七年六月三〇日　初版一刷発行
編　者　石川　透
発行者　吉田栄治
印刷所エーヴィスシステムズ

発行所　㈱三弥井書店
東京都港区三田三―二―三九
振　替〇〇一九〇―八―二一一二五
電　話〇三―三四五二―八〇六九
FAX〇三―三四五六―〇三四六

ISBN4-8382-7049-6 C3019